DOF
BEG

26

uzta gorria

Liburu honek Eusko Jaurlaritzako Kultura eta Hizkuntza Politika Sailaren diru-laguntza jaso du.

1. argitalpena: 2021eko azaroan

Saila eta azalaren diseinua:
Cristina Fernández

Maketazioa:
Erein

ISBN: 978-84-9109-743-3
L. G.: D 1320-2021

EREIN Argitaletxea. Tolosa Etorbidea 107
20018 Donostia
T 943 218 300
erein@erein.eus
www.erein.eus

Inprimatzailea: Itxaropena, S. A.
Araba kalea, 45. 20800 Zarautz
T 943 835 008
itxaropena@itxaropena.net
www.itxaropena.net

DORTOKAREN BEGIRADA

JON ARRETXE

erein

OSTIRALA

1

—Damutu zaitezte, bekatariok, damutu!!!

Hiruzpalau aldiz errepikatu du aldarria predikari bibotedunak, sutsu, besoak jasoz. Alboan erabat zuriz jantzitako andre bat dauka, kartel bat eskuetan: «Badator Azken Judizioaren eguna, presta zaitez!». Erabat beltzez jantzitako beste andre bat ere haiekin dago, harenga grabatzen sakelako telefono batekin. Hirurak mozkote samarrak dira, latino hazpegikoak, eta irribarre lerdoa daukate ezpainetan. Nola liteke munduaren amaiera iragartzea zoriontsu itxura horrekin? Zer arraio dauka jende horrek buruan?

Garrasi bakoitzaren ondoren pausa laburra egiten du predikariak, norbaiten erantzunaren zain bezala, baina inork ez dio jaramonik egiten. Entzun ere nekez entzuten zaio, albo-alboan egon ezik, Vallecasko Zubiaren inguruko trafikoa astuna eta zaratatsua baita.

—Damutu zaitez zu ere! –Neuri tinko begira bota du azken oihua predikariak, eta beltzezko andreak ni nagoen alderantz zuzendu du sakelakoa. Bizkarra eman diet atoan, eta errepidea zeharkatzen hasi naiz semaforoa berde jarri arte itxaron gabe, autoei iskin eginez, gidarien klaxon-jotze eta biraoen artean. Beste aldeko espaloira heldu eta martxa bizkortu dut, hirukote flipatua madarikatuz. Luze barik Igeldo kalearen bidegurutzeraino ailegatu naiz.

Karrika luze horretan sartu aurretik gelditu, biseraren punta jaitsi eta maskara ahalik eta gehien zabaldu dut nire aurpegian. Koronabirusaren kontrako txertaketa masiboa gertatu zenetik, gero eta jende gutxiagok erabiltzen du musukoa, baina niri primeran datorkit, aukera ematen baitit Mahamoud Toure gaizkile papergabea izan beharrean, Madrilen bizi diren milaka afrikarretako bat izateko, beltz arrunt eta anonimo bat.

Etorkinek irekitako negozio zenbakaitzen artetik pasatzen naizen bitartean, seguritate-kamera berri bati erreparatu diot. Hemezortzi jarri omen dituzte Igeldo kalean, Bilboko San Frantziskon bezalatsu eta, ezinbestean, han bizi izan nintzeneko gomutak etorri zaizkit gogora. Garai latza izan zen, San Frantziskon kamerak kontrolatzen zituen zakurrak izugarri izorratu baininduen, izain odol-hurrupatzaile erauztezina bilakatu zen arte. Hartaz libratzea beste aukerarik ez nuen izan, eta ekintza haren ondorioz, Bilbotik ospa egin behar izan nuen.

Nafar Pirinioetako herrixka bat izan zen nire ezkutalekua, baina han ere ezin izan nuen bakerik aurkitu eta askoz urrunago ihes egin beharra suertatu zitzaidan, Parisera.

Afrikarrez betetako Barbès auzoan lasai eta salbu sentitu nintzen hasieran, eta patrikak goraino bete nituen nire lapur-ogibide berriari esker. Baina han ere gauzak konplikatu zitzaizkidan, eta oraingoan Madrilera ekarri nau halabeharrak.

Hiri hau ere egokia da niretzat, inoren arreta erakarri gabe lasai ibiltzeko aukera ematen dit eta. Hemen ere milaka eta milaka etorkin bizi dira, auzo batzuetan gehiengoa izateraino, eta horietako asko beltzak dira. Hauen bilgune bilakatu den Lavapiés auzoan daukat apartamentua. Niretzat bakarrik alokatu nuen, Parisko lapurreten emaitzei esker batere estutasun ekonomikorik gabe nengoela aprobetxatuz.

Baina oparotasun hori, esku-diruari dagokionez, behintzat, agortzen joan da. Batetik, kezka handirik gabe gastatu dudalako sosa, etorkizunean pentsatu barik, eta bestetik Burkina Fason jarraitzen duen familiari dirutza bidali diodalako. Emazteak dendatxo bat muntatu nahi omen du, ez dakit azkenean horrelakorik egingo duen, baina orain oso pozik dagoela dirudi, hain pozik ez baitit jada galdetzen noiz itzuliko naizen etxera, ezta bera eta umeak hona noiz ekarriko ditudan ere. Pentsa liteke ni gabe bizitzen ohitu direla eta ez da harritzekoa, gure herritik abiatu nintzenetik urte mordoa igaro da eta.

Tronboi desafinatu baten hots zoliak eten dit hausnarketa. Atso-agurez osatutako txaranga baten partaidea da eta hor dihardute denek, Gorbea kaleko bulebarraren hasieran, vallecastarren belarriak zigortzen. Badirudi ez daukatela beste zereginik, hona etorri naizen gehienetan hortxe ikusi baititut, baina hainbesteko praktikak ez die fruiturik eman.

Pausoa bizkortu dut eta txarangaren noten oihartzuna galtzearekin batera iritsi naiz helmugara. Errepideaz bestaldeko hormara so egin dut, hortxe kokatu dute kamera berrietako bat, eta horrek susmo txarra eragin dit. Hala ere, sartu egin naiz ile-apaindegian. Ez dago bezerorik.

—Betikoa? –galdetu dit ile-apaintzaile saharar txikiak.

—Betikoa.

Aulkian eseri, bisera eta maskara kendu eta morroiak, nire bizkarrean oihal bat zabaldu ondoren, mozteko makina hartu eta lan-plantak egiten hasi da nire kizkurrekin.

—Ez zaizkit batere gustatzen kamera berri horiek –esan diot–, batez ere honantz zuzen apuntatzen duena.

—Igeldo kaleko bizilagun zintzoak seguruago sentitzen dira orain, antza.

—Badago inor zintzoa hemen?

—Ni neu, adibidez. Azaldu nizun Adel izenaren esanahia, ezta?

—Bai, «gizon zuzen eta ondradua», definizio ezin hobea zuretzat.

—Horixe!

—Dena dela, kamerek kezkatu egiten naute. Batek daki, agian mikrofono eta guzti izango dute

—Zer uste duzu, Toure –Une batez itzali egin du makina–, tramankulu horiek kaleko atea zeharkatu eta gure elkarrizketa harrapatuko dutela?

—Ez fidatu, gauza arraroagoak ikusi ditut eta.

Adelek CD bat hartu eta sahararren banderaren azpian dagoen musika-aparatuan sartu du. Azalean Mariem Hassan jartzen duela ohartu naiz. Berehala, gitarra baten notak aditzen hasi dira, gero txaloak, eta azkenik, emakume baten ahotsa, doinu alai bat kantatzen hasi dena.

—Lasaiago honela? –galdetu dit ile-apaintzaileak, eta nik sorbaldak jaso ditut.

Hamar bat minutu pasatu dugu itxurak egiten. Adeli, Espainia eta Marokoren artean egon diren azken iskanbilen harira, bere herriaren egoeraz galdetu diot, eta eragindako garagardo-litrona bati tapoia bat-batean kentzea bezalakoa izan da. Madarikazioka hasi da sahararra, Marokoko agintarien kontra lehenik, eta Espainiako gobernuaren kontra gero, Frantziaren kontra, Estatu Batuen kontra…

—Herrialde aberatsei Mendebaldeko Sahara gamelu gorotz bat adina inporta zaie! –bota du, amaitzeko.

—Mendebaldeko Sahara bakarrik ez, Afrika guztia –erantsi dut nik.

Adel apur bat baretu da. Lepoko oihala kendu dit, astindu eta, ispilura begira onespen keinua egin ondoren, dendosteko mahaira eraman nau. Poltsikoan nekarren eraztun distiratsua luzatu diot, berak lupa moduko bat hartu eta aztertzen hasi da.

—Zafiro hauek ez dira hain-hain perfektuak.

—Niri ez eman azalpenik, badakizu ez daukadala ideiarik ere.

—Eskerrak tratugile zintzo batekin topo egin duzun.

—Eskerrak.

Harrixka urdinez apaindutako zilar-eraztuna aztertzen jarraitu du sahararrak eta, besterik erantsi gabe, mahaiko tiradera bat zabaldu eta kutxa baten gorde du. Gero beste tiradera bat ireki, berrogeita hamar euroko billete sorta bat atera eta eman egin dit. Zenbatu gabe gorde dut dirua poltsiko baten eta lepoko bat atera dut bestetik, harri gorriz apaindua.

—Ona da? –galdetu diot.

—Nik esango nuke baietz. Hori ere saldu nahi didazu?

—Ez, bakarrik jakin nahi dut ea kalitate onekoa den.

—Errubi horiek oso itxura ona daukate. Horren truke gehiago emango nizuke… Ziurrenik bi mila inguru, baina aztertu beharko nuke. –Eskua luzatu du.

Idunekoa barik bostekoa eman diot.

—Hau ez dago salgai –erantsi dut eta, lepokoa gorde ondoren, kalerantz abiatu naiz.

—Nahi duzunean itzuli. Atsegin handiz lagunduko dizut altxor misteriotsu horretaz libratzen.

—Ilea apur bat luzatutakoan.

—Egunen baten kontatu beharko didazu nondik atera duzun.

—Egunen baten.

Bisera eta maskara berriz jantzi eta Igeldo kalera irten naiz. Kamerari so egin gabe hartu dut bueltako bidea.

Parisko bitxi-dendetan ostu nuen jeneroa kolokatzen laguntzen dit Adel txikiak. Bitxiek merkatuan balio lezaketenaren erdia ordaintzen dit esku-dirutan eta kito, denok pozik. Fidatzen naiz hartaz, morroiak zintzoa dirudielako eta, batez ere, irtenbide hoberik ez daukadalako.

Jubilatuen sasi txarangak hor dihardu oraindik, jo eta ke. Euren adineko hainbat entzule daude inguruko jarleku eta petriletan, etxegabe ugarirekin tartekaturik. Zaharrek euren txaloekin musikaren erritmoa daramate, modu negargarrian eraman ere, eta etxegabeek antzeko zehaztasunaz jasotzen dituzte garagardo-latak edo ardo-kutxak, denak oso gustura daudela dirudi. Eta predikuan ari ziren hiru hegoamerikarrak ere haiengandik gertu daude, bazter baten eserita atseden hartzen, irriño madarikatua oraindik ezpainetan. Albotik igarotzean bibotedunak keinua egin dit, bi atzamarrez garaipenaren uvea edo eratuz. Pikutara bidali dut, hortz artean marmarka.

Igeldo kaletik Vallecasko etorbide nagusira irterakoan, ia harrapatu nau ero itxurako arlote batek, burdina uhertuz gainezka daraman supermerkatuko gurdiarekin. Espaloitik deseroso doanez, errepidean sartu da, auto-gidarien haserre eta errietei muzin eginez.

M-30 azpiko metro sarrerarantz jarraitu dut eta zubipeko eremu libreari erreparatu diot: kanpinak, koltxoiak, mantak, kartoiak... Hainbat etxebakoren bizileku bihurtu da toki hau, eta ni, Parisko lapurreten emaitzengatik izan ez balitz, haiek bezala egongo nintzela bururatu zait. Horrelako etorkizunik nahi ez badut, gastuak kontrolatu eta luzatu egin beharko dut nire altxorraren bizitza.

Metro sarrerako eskaileretan behera abiatu eta berehala oihu batzuk entzun ditut. Ustezko lapur bat dago lurrean etzanda, segurtasun-enpresa baten uniformea janzten duen katxalote baten azpian. Honen kolega bat dago ondoan zutik, emakume argal bat, izu aurpegia daukana.

—Ez mugitzeko esan dizut! –diotso potoloak lapurrari, bere tonekin zapalduz eskuturra bihurritzen dion bitartean–. Hara, hementxe dago polizia.

Une horretan bi morroi ailegatu dira korrika, kaleko arropaz jantzita, eta burdinak atera dituzte.

—Min handia daukat, jefe –kexatu da lapurra, baina zakartasunez lotu dizkiote eskuturrak.

Haiengandik urrundu naiz disimuluz, bihotz-taupaden bizkortzea sentituz. Poliziaren bat inguruan ikusten dudanean asaldatu egiten naiz, ezin dut ekidin, nahiz eta orain arte, Madrilen, haiekin inolako arazorik izan ez. Ea honela jarraitzen dudan luzaro.

Erlojuari begiratu eta kilikadura sentitu dut. Sasoiz ailegatuko naiz Chamartingo geltokira. Bilboko trenak ekarriko didan oparia jasotzeko irrikaz nago.

2

Kristinaren ile-adats gorria bereizi dut lehenik nasatik hurbiltzen diren bidaiarien artean. Gero bere gorputz lerden guztia. Nire begiradarekin topo egin duenean, musua alaitu eta irribarre egin dit. Ohi ez zuen bezala makillaturik dator eta horrek areago edertzen dio aurpegia. Bera da, *Sa Kene* nirea, San Frantziskoko sasoitik gordetzen dudan gomutarik goxoena.

Nigana ailegatu denean, «Toure» esan du, beste barik, besarkada batez lotu gara eta horrelaxe egon gara bidaiari gehienak gure albotik igaro diren arte.

—Zelan daude gauzak Bilbon? –Bere maleta gurpildunari oratu eta kalera bidean jarri gara.

—Tira, hiria bera gero eta politago dago, gero eta distiratsuago.

—San Frantzisko ere bai?

—Gure auzoa beti izango da desberdina, badakizu, baina han ere aldaketa txiki batzuk egon dira. Agintzen dutenek itxura txukunagoa eman nahi diote eta jatetxe eta denda modernoak, apartamentu turistikoak eta horrelakoak bultzatzen ari dira. Baina hori dena itxura hutsa da, betiko arazoek hortxe jarraitzen dute eta. Dena dela, hori gutxienekoa da orain, Toure. Esan, zer moduz zaude zu?

—Ez dakit zer esan, nire bizitzan ere aldaketa asko egon dira azken urteotan. Zerikusi gutxi daukat Bilbora aspaldi ailegatu zen etorkin gixajo harekin.

—Denbora gehiegi pasatu dugu elkarren berri jakin gabe.

—Hori zen egokiena biontzat.

Metroan sartu gara eta, Lavapiésera bidean, berarekiko kontaktua etenez geroztik gertatu zaizkidan gorabehera nagusien berri eman diot: Nafarroatik ere ihes eginarazi zidaten jazoerak, Parisen izandako lapur-ogibidea, han gertatutako ustekabe latzak, mafiekin izandako arazo larriak, hilketak, ia burua galtzeraino eraman ninduten zoritxarrak…

Sa Kenek isilik entzun du kontakizuna, adikor, eskua nirearen gainean jarrita, eta haren bisitak on egingo didala jabetu naiz, batez ere oreka berreskuratzeko zeregin zailean.

—Asteburuan baino ezin zara geratu? –galdetu diot.

—Ostirala libre hartzen utzi didate, baina astelehen goizerako derrigor egon beharko dut berriz farmazian. Hala ere, etzi arratsaldeko azken trena hartuko dut, halandaze ia hiru egun oso dauzkagu aprobetxatzeko.

—Umea ere ikusteko gogoa izango duzu.

—Jakina, berak ere amaren falta sumatuko du.

—Norekin utzi duzu?

—Izeba Lolesekin.

—Putiklubean?

—Ez neukan beste aukerarik. Hala ere, klubean honezkero ez da ia batere mugimendurik egoten, sartzen diren bezero apurrek normalean zerbait edan, tabakoa erosi edo apustu-makinan dirua gastatu besterik ez dute egiten.

—Eta umea txikiegia da ezertaz enteratzeko.

—Ez pentsa, guk uste baino gauza gehiago harrapatzen dituzte.

—Badaukazu haren argazkirik?

—Noski.

Sakelakoan gordetako irudiak ikusi bitartean sentsazio bitxia izan dut, halako zentzugabeko jelosia puntu bat edo. Telefonoz ezusteko berria eman zidanean lelo bat bezala geratu nintzen, zer esan ez nekiela. Gaur, sikeran, «ze haur polita den, zure antza dauka» eta antzeko tontakeriak esateko gauza izan naiz.

Argazki erakustaldia amaitutakoan, gaiez aldatu eta San Frantziskoko lagunei buruz galdetu diot, haiekin ere ez baitut hitz egin aspalditik. Osman maliar beteranoak berdintsu jarraitzen omen du, partekatzen genuen patera-pisuan bizitzen eta bere lehengusuaren lokutorioan lanean, biziraupenaren mugan, beti bezala. Eta Xihab marokoarra Alemaniatik itzuli ei da eta Berebar jatetxean zerbitzari ei dago berriz, bezeroei elkarrizketa alaia eskaintzen tea eta pintxo morunoak prestatzen dizkien bitartean. Bata zein bestea libratu egin dira, gu biok bezala, poliziaren ikerketa eta susmoetatik laurok batera burutu genituen ekintza latzen ondoren. Izan ere, beraiek lagundu zidaten kameretako zakur xantaiagileaz eta bi mafioso nigeriarrez libratzen. Ezingo diet inoiz konpentsatu egin zidaten mesedea.

Lavapiésko plazaren aurrean irten gara metrotik eta hogeita lau orduz irekita egoten den supermerkatua jo dugu begiz. Sarreran, jakineko eskalearen alboan, arreta erakartzen duen zaindaria dago, izugarri lodia, bezero guztiei adi begiratzen diena, ipurterre, denak lapur potentzial sentiarazi nahi balitu bezala. Niri ere mesfidantza nabarmen horrekin so egiten dit zerbait erostera hurbiltzen naizen bakoitzean, badirudi nagusiek plus bat ordaintzen diotela jendearekin hain desatsegina izateagatik.

Plaza zeharkatzen hasi gara, aldapan gora. Jendea, jatorri ugarikoa, sakabanatuta dago itzalpeko toki urriak aprobetxatuz. Eguzki kiskalgarria ezkutatu ondoren, giro askoz biziagoa egongo da toki honetan. Edonola, eguzkiaren indarra gutxi inporta zaion gizonezko bat hurbildu zaigu gu ikusi orduko, soinean Atlético Madriden elastikoa eta buruan vietnamdar kapela daramatzan jonki zuri segail bat:

—Aizu, Toure, nahi dituzu zapatila guapa batzuk? –Paperezko poltsa baten gordeta dauzkan kolore biziko kirol-oinetakoak erakutsi dizkit, misterio itxuraz.

—Oso politak dira, Tony, baina orain ez dut horrelakorik behar, sentitzen dut.

—Itxaron. –Arrastaka daraman maletatxo gurpildunaren gainean loturiko tramankulua erakutsi dit, flexo arrunta eta zatar samarra–. Hau ondo etorriko zaizu bizi zaren etxe ilun horri argi apur bat emateko.

—Hori ere ez dut behar, Tony.

—Eta urdaiazpiko super zaporetsua, edo Errioxako ardo ona, zure lagun berriari afari ederra atontzeko? –Maleta zabaltzeko keinua egin du.

—Ez, benetan, eskerrik asko. Gero egongo gara, kolega.

Tony setatia atzean utzi, plaza zeharkatzen amaitu eta Ave María kalean gora jarraitu dugu, taberna tradizionalen nahiz jatetxe indiarren terrazetako mahai-aulkiei iskin eginez. Denak daude beterik, jende zuri gazteaz, gehienbat. Horrelako gastuetarako sosik ez daukaten auzotarrek, ostera, terrazekin tartekatzen diren jarleku publikoetan ematen dute denbora. Horietariko batetik datorren rap musika ozena nabarmentzen da beste hotsen gainetik. Hiru gizon beltzek okupatzen dute eserlekua, eta haietako baten sakelakotik ateratzen da musika.

—Zorionekoa zu, Toure! –bota dit telefonoaren jabeak, Sa Keneren gorputza disimulurik gabe eskaneatuz. Beste bien begirada lausoagoa da, batek daki non daukaten burua–. Ez duzu jenerorik behar emakume puska horrekin partekatzeko?

—Oraindik badaukat apur bat etxean –erantzun diot, gelditu gabe.

—Ados, baina bukatutakoan badakizu zein den Madrilgo hornitzailerik onena, ezta?

—Jakina, Madou.

Hormarantz hurbildu gara, espaloi horretako eraikinek eskaintzen duten gerizpetik irten nahi ezta.

—San Frantziskon zeundenean –esan du Kristinak–, ez zeneukan horrelako biziorik, ezta?

—Orain ere ez. Ez gehiegi, behintzat. Madouri marihuana erosten diot noizean behin, baina ez dut gehiegi kontsumitzen.

Nire azalpenak ez dira oso konbentzigarriak izan, eta Sa Kenek, ziurrenik, gezurra igarri dit. Izan ere, Parisko gertaeren ondorioz maria baino substantzia askoz gogorragoak kontsumitzen hasi nintzen, sudurretik sartu eta burmuina desegiten dizuten horietakoak. Aspaldi honetan, haietaz ahazteko ahaleginetan ari naiz, marihuanak ematen didan baretasuna lagun.

—Lasai, ez duzu zertan justifikatu behar zeure burua –bota dit ilegorriak, irribarrez.

—Badakit.

Denetarik dauka gure kale aldapatsuak, tabernez aparte bidaia agentzia, gestoria, arropa-dendak, ile-apaindegia, farmazia, lokal beganoa, txinatar dendatxoak, katxinba-saltokiak... Horien albotik igaroz, izerdia isuriz, etxeko atariraino ailegatu gara, azkenik. Haren alboan liburu-denda koskor bat dago. «Burma» dio sarrera gaineko letreroak, eta haren azpian gizon txiki bat ageri da, azal oso beltzaran eta ajatukoa, esku zaildukoa. Liburu-denda baten baino errazago imajinatuko litzateke Andaluziako soroetan olibak edo marrubiak biltzen.

—Zer moduz, Toure? –galdetu dit bere ahots kraskatuaz, atzamar artean daukan zigarrokina lurrera bota eta beste bat ezpainetaratuz.

—Ondo, Alfredo, eta zuek? Liburu asko saldu duzue gaur?

—Ezta bat ere. Astakilo herri honetan ez du inork irakurtzen, eta salbuespen apurrek bibliotekatik ateratzen dituzte liburuak.

Bidezkoa da Alfredoren kexua, denda ia beti hutsik izaten dute eta. Sarri galdetu diot neure buruari nola arraio eusten dioten berak eta emazteak, denbora gehiena liburuei hautsa kentzen ematen duen Chus arranguratsuak, amore eman barik.

Andrea dendatik irten da kaixo esatera. Senarraren antzeko tamaina dauka, beltzarana da bera ere, baina deigarria da haren azal fina, batere zimur gabea. Kontraste bitxia sortzen da Alfredoren alboan jartzen denean.

Biei Sa Kene aurkeztekotan egon naiz, baina ahots ozen eta desatsegin batek eten dit esaldia:

—Toure, maitea!!! Orain ulertzen dut zergatik ez duzun nirekin ezkondu nahi.

Liburu-dendatik bost bat metrora dagoen eserlekutik etorri da oihua. Itxura apain-apaineko atso batek bota du: ile hori adats luze ondo orraztua, eguzki-betaurreko modernoak-edo, blusa zuria, oihal meheko praka marroixka nasaiak, neska nerabeek gustura jantziko lituzketen zapatila horiak... Haren txukuntasun bitxia zapuzten duen bakarra, ahoskeraz aparte, eskuan daukan litro erdiko garagardo-lata da.

—Lasai, Erika –erantzun diot–, Kristina lagun bat baino ez da.

—Orduan badaukat oraindik aukeraren bat?

—Jakina!

—Pozten naiz. Bien bitartean, lagunduko didazu eztarria fresko mantentzen? –Garagardo-latari buelta eman dio, hutsik dagoela erakustearren.

Alboko denda txinatarraren sarreratik so egiten digun emakume isilari euro bat eman diot, eta honek berehala ekarri dio lata berria Erikari.

—Eskerrik asko, laztana. Ni izan naizena izanda, eta orain ez daukat sosik ezta garagardo merkeena erosteko ere. Bizitzaren bidegabea!

Hori esanda, atsoak lehenengo zurrutada eman dio latari eta nik aprobetxatu dut liburu-dendariak agurtu eta Sa Kenerekin etxeko atarian sartzeko.

—Zenbat denbora daramazu Lavapiésen, Toure?

—Hilabete batzuk bai.

—Harrituta nago, badirudi jende guztiak ezagutzen zaituela hemen.

—Juxtu kontrakoaren bila etorri nintzen auzo honetara, baina jokaldia ez zitzaidan lar ondo atera. Egunero toki berdintsuetatik pasatzen naiz, eta hainbat jende beti egoten da toki horietan. Kaleko jarlekuek, esaterako, jabearen izena idatzita daukatela pentsa liteke.

—Eta zer iritzi dute bizilagunek horretaz?

—Etxe honetakoak, adibidez, ez daude batere pozik. Udaletxera joan ziren, Erikaren jarlekua kentzea exijituz, horrela atso zaratatsua ere begi bistatik galduko zelakoan, baina han sinadura-bilketa egiteko eskatu zieten. Eta horretan ari dira orain.

—Horrenbeste molestatzen du andreak?

—Alkoholemia maila igo ahala zalapartatsuago jartzen da eta kriston astakeriak oihukatzen ditu, batez ere bere gorputzaren ezaugarriei buruz.

Pasabide bat zeharkatu eta beste ate bat ireki dut, barruko patio batera ematen duena.

—Ze leku ederra! –esan du Kristinak.

Lau solairuko eraikina da, ezkerraldean zurezko eskailera irekiak dauzka, eta solairu bakoitzean baranda batez babestutako pasabide luze bat dago. Honen atzean etxebizitzak daude, denak berdinak, ate eta leiho bana dauzkatenak, denak patiora begira.

—Bizileku tipikoak dira, antza, Madrilen –azaldu diot–. «Korrala» deitzen diete eta apur bat gogorarazten didate Burkina Fasoko patioen egitura. Hemengo jende txiroena bizi ohi da honelakoetan.

—Ba hauek oso txukunak dirudite.

—Hauek bai, ze berriztatuta daude, baina gehienak askoz apalagoak izaten dira, pentsa komunik ere ez daukatela barruan, halako bat baino ez da egoten solairu bakoitzeko biztanleentzat. Erikak berak, adibidez, hogei metro koadroko korrala hondatu horietariko baten bizi da.

—Andre bitxia, ezta?

—Oso. Punta-puntako vedettea izan zela dio, Madrilgo Pasapoga kabaret «mitikoan», bere hitzetan. Espainiako lehenengo transexuala ere izan omen zen, eta oraindik edonor zoriontsu egiteko gaitasuna dauka. Horixe esaten dit niri, behintzat.

Nire etxebizitzako atea zabaldu dut. Txikia izan arren, oso erosoa da eta primeran horniturik dago. San Frantziskoko patera-pisuan hainbat urte eman ondoren, palazio baten mailan dago Lavapiésko bizilekua.

—Zu bakarrik bizi zara hemen? –galdetu dit Sa Kenek.

—Bakar-bakarrik.

—Eta zelan egiten duzu alokairua ordaintzeko?

—Oraindik ez dizut den-dena kontatu. Kaferik?

—Bero honekin garagardoa nahiago. Badaukazu?

—Jakina. Ipini eroso egongelan.

Botila bi atera ditut hozkailutik eta haietako bati harri gorriko idunekoa kiribildu diot. Egongelara joan eta sofan jesarrita itxaroten didan Sa Keneri luzatu diot.

—Eta hau? –galdetu du.

—Mahou etxearen promozioa. Erosten duzun pack bakoitzeko horrelako zirtzilkeria bat oparitzen dizute.

—Eta nik sinetsi!

Lepokoari heldu eta laztandu egin du.

—Ze ederra! Oso garestia dirudi.

—Erostekotan bai, baina niri debalde atera zitzaidan.

—Parisko lapurreta oparo horien emaitza, ezta?

—Horixe. Agian esan behar nizun zuretzat bereziki erosi dudala hemengo bitxi-denda dotore baten, erromantikoagoa izango zen, baina ez zenidan sinetsiko, ezta?

Barrea izan da Sa Keneren erantzuna. Idunekoa mahaian zabaldu du eta zurrut egin dio botilari.

—Honelako asko dauzkazu oraindik? –itaundu dit.

—Geroxeago erakutsiko dizut.

Niri so geratu da. Ahaztuta neukan zelako kilikadura eragiten zidan Sa Keneren begirada hutsak, zelako urduritasuna, ezinegona.

—Nafarroan ardiak zaintzen, tira, imajinatu ahal zaitut, baina Parisen, pipa eskuan bitxi-dendak osten… Zailagoa egiten zait.

—Esan dizut asko aldatu direla gauzak.

—Ez zenuen inolako arazorik izan poliziarekin?

—Zorte ona izan nuen alde horretatik. Arazo nagusiak beste bide batetik etorri ziren. Kontatu dizut mafiena, Yareliz lagunari egin ziotena…

Gomuta mingotsek azalpenekin luzatzea eragotzi didate, eta nahiago izan dut gaiez aldatu:

—Lotuko dizut idunekoa?

—Badaukazu ispilurik?

Pentsakor geratu naiz.

—Komunekoa baino ez.

Berriro bere begirada bihurri hori…

—Treneko bidaia luzea izan da eta gustura hartuko nuke bitsezko bainu bat. Korrala honek badauka bainuontzirik?

—Ez, dutxarekin konformatu beharko duzu. Bitsa, ostera, bai, nahi beste egin dezakezu, xanpu berezi horietako bat erosi dizut eta.

—Primeran.

Sa Kenek botila hustu, zutitu eta, eskutik helduz, loriara bidean jarri nau. Gertatu behar dena pentsatze hutsak garagardo-botilatxoa baino gogorrago jarri dit zakila, baina ilegorriak arropa kendu eta bere gorputz lerdena begi bistan geratu denean bat-bateko beherakada izan dut.

—Zer dira marka horiek? –esan diot, saihets aldean dauzkan ubeldurei begira.

—Ezer larririk ez, aspaldiko istripu baten arrastoak baino ez dira.

Tinko so egin diot eta orduan ohartu naiz, makillajearen mozorroa makaltzen hasita dagoelarik, ezker begian ere ubeldura baten azken aztarna ageri zaiola.

—Begiko beltzunea ere aspaldikoa da?. Hori ere beste istripu baten ondorioa da?

—Pasatuta dago, Toure. –Irriño tristea sumatu dut ilegorriaren aurpegian, ezohiko bezain iragankorra–. Orain ez dut zure haserrea behar, zure laztanak baizik.

Sa Keneren eskaria bete eta ez dut berriro ahoa ireki, ezta atzamarrak haren adatsean kiribildu eta buruan koskor handi bat antzeman diodanean ere.

3

Retiroko parke erraldoian eman dugu arratsaldea. Eguraldia eguzkitsua izanda, jendetza ibili da hara eta hona, eta guk ere madrildar nahiz turista arrunt eta zoriontsuen erara jokatu dugu. Arraroa sentitu naiz, egia esan, musikarien edo mimoen artetik paseatzen, terraza baten kaña handi bat patxadaz hartzen, izozki bat dastatzen belardi baten eserita, urmael nagusian txalupazko osteratxoa egiten… dena emakume zuri ikusgarri baten alboan. Sentsazio bitxia izan da, niri ez dagokidan zerbaitetan aritu banintz bezala. Agian irudipen zentzugabea izan da eta, buruhauste lerdoak baztertuta, inolako konplexurik gabe ohitu beharko nuke herritar dirudunen bizimodu berri honetara. Dena dela, oso zaila egiten zait neure burua horrela sentitzea, bizitza osoa urritasunean eman ondoren.

Orain, Kristalezko Jauregiaren aldamenean gaude. Duela gutxira arte, biolin-jole zahar baten musikaz lagunduta, bisitari batzuek akuarelaz margotu dituzte alboko urmaela eta honen erditik ateratzen den ur-zorrotada, eta beste batzuek usoei eta ahateei jaten eman diete, edo argazkiak egin dituzte, edo eraikin bitxi honen egitura miretsi dute. Baina ilundu du jada eta orain ez da inor ageri inguruan, nahiz eta oraindik denbora nahiko faltatu ixteko ordurako, gauerdirako. Dirudienez, parke zabal hau ez da oso toki gomendagarria ilundu ostean, istorio beltz asko daude hemengo arboladi eta sastraka gune ezkutuenetan gordetzen diren etxegabe, gaizkile, lapur zein bortxatzaileei buruz.

—Irrikaz nago –esan dit Sa Kenek, isilaldi luze baten ondoren– zure sorpresa hori ikusteko. Oraindik asko itxaron beharko dut?

—Ez. Nik uste dut honezkero... –Ingurumaria miatu dut begiradaz–. Ea, goazen!

Urmaelaren bazterreko bidetik abiatu gara farolen argipean, harrizko arkupe batera ailegatu garen arte. Hor gelditu, berriz ingurura begiratu eta, Kristinari irribarretxo bat zuzendu ondoren, belaunikatu eta ur ertzak haztatzen hasi naiz. Sokaren muturra betiko lekuan topatu dut, hari tira egin eta kirol poltsa bat atera dut lehorrera.

—Hona hemen sorpresa. Zuk zeuk zabalduko duzu?

Ilegorriak onartu du nire proposamena, kremailerari tira egin dio eta... Ez dakit berak zelako sorpresa hartu duen, baina niretzat izugarria izan da. Izan ere, barruan, espero nuen altxorraren ordez, harriak eta despistatu itxuraz so egin digun dortoka bat baino ez ditugu aurkitu.

—Oraingoan bai txunditu nauzula, Toure. Ez nuen espero maskota bat oparitzea.

Ez dakit Sa Keneren asmoa adarra jotzea ala egoera desdramatizatzea edo bestelako zerbait izan den, baina ni ahoa bete hortz geratu naiz, lelo aurpegiaz, eta sentsazio hori areagotu egin dute itzalen artetik atera diren barre algarek. «Kaiku hori!», bota du norbaitek, eta nire erreakzioa barreen sorlekurantz ziztu bizian abiatzea izan da.

Amorraturik ibili naiz zuhaitzen eta sasien artetik saltoka, hotsak entzun uste izan ditudan alderdietarantz oldartzen, ilunetan estropezuka, irristaka, arantzen ziztadak sentituz… Alferrik ari nintzela jabetu naizen arte. Begiz jo dudan jende bakarra bi polizia izan dira, gizonezkoa eta emakumezkoa, zaldi gainean igota azken erronda egiten. Ezkutatu egin naiz, eta gero urmaelaren bazterrera itzultzea erabaki dut.

—Oker ez banaiz –esan dit Sa Kenek, haren albora iritsitakoan–, Parisko lapurreten emaitza zeneukan hemen ezkutatuta, ezta?

—Bai –erantzun diot, ozta.

—Bitxi asko zegoen?

—Pilo bat, milaka eta milaka euroren baliokoak.

Errealitate krudelaz jabetu naiz berehala: orain arte poltsan hainbat urtean irauteko aberastasuna baneukan, segundo bat geroago ezertxo ere ez daukat, goizean Adeli saldu diodan eraztunetik ateratakoaren soberakinak besterik ez. Eta euro solte batzuk baino ez dira, neuk ordaindu baititut gaurko jatorduak eta gainerako bizio guztiak, Kristinaren aurrean, eta bide batez Madrilgo zerbitzari, saltzaile zein kobratzaile guztien aurrean, nire oparotasuna aldarrikatu nahian.

—Ez zitzaizun leku hoberik bururatu?

—Niri aproposa iruditzen zitzaidan. Parisen ere laku baten ezkutatu nituen bitxiak, eta primeran moldatu nintzen, eta hemen ere bai, orain arte.

Sa Keneren aurpegierari erreparatuta, suma daiteke berari txoropitokeria hutsa iruditzen zaiola toki hau aukeratzea altxor bat ezkutatzeko. Neure burua justifikatzen jarraitzeko beharra sentitu dut:

—Ez nintzen ausartzen bitxiak etxean gordetzen. Lavapiésen polizia gehiegi ibiltzen dira, kontrolak direla, sarekadak direla, etxegabetzeak direla... Ez zen toki segurua; edozein egunetan sar zitezkeen nire etxean, eta zelan arrazoitu behar nuen nire moduko etorkin gaixo batek hainbeste luxuzko harribitxi edukitzea?

Ilegorria nire etsipenaz jabetu eta isildu egin da. Horrela egon gara tarte batez. Dortoka ez da mugitu zegoen lekutik, niri begira dago, lepoa luze, ahoa irekiz tarteka, «baboa! baboa!...» errepikatuz bezala.

—Zerbait dauka idatzita oskolean? –galdetu dit ilegorriak.

Eskuetan jaso du animalia eta errotuladore gorri batez edo idatzitako ikurrak aztertu ditugu.

—Arabiera da, ezta? –esan du.

—Bai, hori dirudi.

—Ulertzen duzu?

—Ez. Zer arraio...?

Zalantzazko segundo batzuen ondoren, ilegorriak proposamen bat egin dit:

—Ea, egiozu argazki bat sakelakoarekin eta hor nonbait galdetuko dugu.

Obeditu egin dut, baina flasha dela, oskolaren egitura konkorra dela, ez dugu lortu argazki dexenterik egitea.

—Agian –erantsi du–, ez da handiegia eta gurekin eraman genezake. Zer deritzozu?

Sorbaldak jaso ditut, oraindik shock egoeran. Horretaz ohartuta, Sa Kenek berak hartu du erabakia:

—Bai, eraman egingo dugu, eta gainera, hobe dugu hemendik lehenbailehen alde egitea, zaindariak botatzera etorri baino lehen.

Kirol poltsatik harriak atera, dortoka barruan utzi eta, poltsa lepoan hartuta, parkearen irteerarantz abiatu gara.

Ez dugu inolako gaizkilerik aurkitu bidean, baina kanpoko atera hurbiltzean zaindariarekin berbetan ari diren zaldi gaineko bi zaldun poliziak jo ditugu begiz.

Sa Kenek geldiarazi eta bide bazterreko itzaletara eraman nau.

—Poltsatzar hau nahiko deigarria da honela, mela-mela eginda. Zabaltzeko eskatzen badigute ea zer azalpen ematen diegun.

Zalantzan geratu gara. Bien bitartean, polizietako batek gu geunden alderdirantz seinalatu duela iruditu zait. Bai, hala da. Kolegari zerbait esan dio eta guganantz abiatu dira biak, patxadaz. Zer egin? Niri ez zait ezer bururatu eta Kristinak hartu du berriz erabakia: dortoka poltsatik atera, hau sasi artera bota eta animalia gure ondoko arbolaren atzean ezkutatu du. Gero besarkatu egin nau.

Bi poliziak gure albora iritsitakoan gizonezkoak hartu du hitza:

—Ondo zaude, andereño?

—Bai, zer ba?

Sa Kenek erantzun arren, niri so egin didate bi zakurrek, tinko. Zaldi gainetik are beldur handiagoa ematen dute.

—Retiroa ez da oso leku gomendagarria ordu honetan –esan du, azkenik, emakumezkoak.

—Agian ez, baina guretzat hauxe da momenturik politena, isiltasuna eta bakardadea nagusitzen direnean. Gainera, ez dut uste inor ausartuko denik gu molestatzen, nire nobioaren planta ikusita. Ez zaizue iruditzen?

Poliziak ez dira saiatu enpatia apurrik ere erakusten. Isilik eta serio iraun dute segundo batzuetan, begirada nigan iltzaturik.

—Dena dela –bota du gizonezkoak–, ia ixteko ordua da eta ez luzatu, ados?

—Ados.

Zaldiak jirarazi eta bidetik aurrera desagertu dira.

Minutu pare bat itxaron dugu, benetan urrundu direla ziurtatu arte, eta sustoa pasatutakoan, enborraren atzera joan eta hortxe topatu dugu, txintxo, dortoka. Eskuetan hartu dut, oraindik bustita dago. Oskoleko letrak guztiz ezabatzeko arriskua dagoela iruditu zait eta alkandoraz lehortu dut apur bat.

—Bagoaz kalera? –esan du Sa Kenek.

—Bai, lehenbailehen, baina non ezkutatuko dugu gure laguna zaindariak ez ikusteko?

—Momentu baterako, altzoan hartu ahal duzu, ezta? Ez daukazu tripa handirik eta erraz disimulatuko duzu alkandoraren azpian. Gero, kalean, topatuko dugu poltsaren bat non edo non. Ondo deritzozu?

Sa Keneren ideiak beti iruditzen zaizkit ondo, halandaze berak proposatu bezala jokatu dugu. Sarrerako zaindariaren etxolaren aurretik igarotzerakoan, ni alderdi urrunenean jarri naiz, tripa sartuz, Kristinak «agur» esan dio eta arazorik gabe irten gara Madrilgo kaleetara.

Atotxako geltokiaren inguruan poltsa hippy horietako bat erosi du ilegorriak bangladeshtar baten dendatxoan, eta hortxe sartu du dortoka.

—Hemen ondo egongo zara –esan dio, eta gero niri begira mintzatu da–. Atsekabeak atsekabe, zerbait jan beharko dugu, ezta? Txibia-bokatak gogoko dituzu?

—Bai, niri dena gustatzen zait.

Kafetegi klasiko horietariko baten sartu, ogitartekoak eta kaña batzuk eskatu eta mahai txiki baten inguruan kokatu gara. Grina handirik gabe hasi naiz jaten.

—Zerbait bururatuko zaigu altxorra berreskuratzeko –esan dit ilegorriak, nahiz eta bistan egon bera ere ez dagoela lar konbentziturik–. Beharbada honek emango digu argibidea. –Poltsarantz seinalatu du buruaz.

—Beharbada –erantzun dut, zerbait esatearren.

—Arabieraz dakien konfiantzazko norbait badaukazu Lavapiésen?

—Orain ez zait inor bururatzen. –Bokatari so geratu naiz. Zergatik dira hain tipikoak txibiak Madrilen, hemen itsasorik ez badago?

—Altxa kopeta, Toure! –saiatu da Sa Kene–. Urmaeleko harribitxietatik aparte, izango zenuen baliozko beste zerbait beste nonbait gordeta.

Buruaz uko egin eta zizpuru bat atera zait.

—Paristik ekarri nituen euroak bai izan nituela etxeko bazterretan ezkutaturik, ze, miaketaren bat jaso eta zerbait aurkituz gero, apustu eginez-edo irabazi nituela esan nezakeen, baina horiek denak gastatu egin ditut, eta badakizu harribitxiekin zer egitea erabaki nuen. –Ilegorriak ez du ezer esan eta azalpenekin jarraitu dut–. Esku-dirurik gabe geratu nintzenez geroztik, lantzean behin poltsatik bitxiren bat atera eta saldu egiten nion Vallecasko tratugile saharar bati. Eta jasotako dirua xahututakoan gauza bera egiten nuen berriz. Niri oso plan ona iruditzen zitzaidan, baina hara zelan amaitu dudan. Orain ez daukat sosik ezta aste honetako janaria erosteko ere, are gutxiago berehala tokatuko zaidan alokairua ordaintzeko.

Etsipenak jo nau eta garagardo edalontzia hustu dut. Nire mahaikideak jan-edanak amaitu ditu, eta muturrak garbitutakoan berriz mintzatu da, jarrera baikorrari eutsi nahian.

—Ez zigortu zeure burua, Toure, nola edo hala moldatuko gara, baina bien bitartean… –Oparitu berri diodan lepokoa askatu du–, hobe duzu hau ere saltzea zure lagun saharar horri.

Ez dut jakin zer esan, ez zait hitz egokirik atera.

—Lasai egon –erantsi du–, izango duzu aukera beste zerbait oparitzeko. –Idunekoa nire eskuan ipini eta hau itxiarazi egin dit.

Oinez joan gara Lavapiéseraino eta plazan ohiko jendea topatu dugu: negozioengatik daudenetatik aparte, etxerik ez daukatenak edo, etxea izanda ere, kalean luzatzea nahiago dutenak. Arabieraz jakin lezakeen ezagunik ez dugu ikusi eta Ave María kalean gora jarraitu dugu, ateak ixten ari diren jatetxe indiarren artetik. Etxeko atarira ailegatzean, ordea, Erika zaharra topatu dugu, bere gogoko jarlekuan, garagardo-lata hutsez inguratuta eta burua jaitsita, erdi lo.

—Erika –esan diot–, oraindik hemen?

—Toure, maitea –bota du, mozkor-mozkor–. Zuk uste duzu hau onargarria dela?

—Hau zer?

—Pasapoga areto ospetsuko izar nagusia, Madrilen egon den vedetterik ikusgarriena, kale gorrian uztea?

—Etxetik bota zaituzte, ala?

—Oraindik ez, baina ugazabak horren mehatxua egin dit, ez badut zor diodana bihar bertan ordaintzen. Oraingo jendeak ez dauka batere errespeturik, ni izan naizena izanda...

Egoera aproposa izan liteke ni ere neure penak kontatzen hasteko, baina horretarako gogorik gabe, atariko sarraila ireki dut.

—Ez zaude ados nirekin, maitea? –jarraitu du vedette ohiak.

—Bai, Erika, arrazoi guztia duzu, baina orain hobe duzu lotara joatea.

—Liburu-dendako bikote zeken horri mailegua eskatu diot, baina jaramonik ere ez didate egin. Zuk, kasualitatez, ezin didazu lagundu diru apur batekin?

—Ez, adiskide. Egunen baten nik ere kontatuko dizkizut nire arazoak.

—Ezin nauzu, sikeran, azken garagardora gonbidatu, laztana?

—Denda guztiak itxita daude, Erika, eta, gainera, orain hobe dugu denok oheratzea. Bihar arte.

Sa Kenerekin atarian sartu eta nire korralarantz jo dugu. Bizileku eder honetaz gozatzeko zenbat denbora geratzen zaidan galdetu diot neure buruari.

LARUNBATA

4

Lo gutxi egin dut bart. Hasieran Sa Keneren kontsolatzeko ahaleginengatik, gero haren loaldi gozoko arnasa-hots arinek atsedena eragotzi didatelako, eta denbora guztian lapikoa irakiten izan dudalako. Batetik Kristinak isilpean jasan duen sufrimendua dago, agian egunen baten aitortuko didana. Eta bestetik nire hanka-sartze izugarria, konponbide zaila daukana. Etsipena sumatzen dut, amorrua ere bai… Ulertzekoak ziren Retiroko barre-algarak, kaikutzarra izan bainaiz, tentel hutsa. Gehiegi erlaxatu naiz parkera joandako azken aldietan eta batek daki nork ikusi nauen poltsa uretatik ateratzen. Altxorra nekez berreskuratuko dudala jabetu naiz. Hala ere, horretarako izan nitzakeen aukerak mamurtzen aritu naiz eta ideia bat, sikeran, bururatu zait: Madouren bi kolegak, berarekin gure kaleko jarlekuan egoten direnak, etxegabeak dira eta haiekin hitz egitea probetxugarria izan liteke. Beraz, Kristina ohean utzita, nire gamelu nagusiarengana jo eta ordu gehien pasatzen duen tokian topatu dut, croissanta eta edalontzi kafesnea esku banatan.

—Honen goiz altxatzen zara beti? –itaundu diot.

—Beti, bezeroen zerbitzura egon behar da eta.

—Ordu honetan ere saltzen duzu jeneroa, ala?

—Jende askok behar du halako pizgarri bat eguneko zereginei ekin aurretik. Harrituko zinateke zenbat diren jakinez gero. Zuk ere nahi duzu zerbait, ala?

—Ez, nik hemen egoten diren zure bi kolegekin hitz egin nahi nuke.

—Zertarako?

—Solasalditxoa izateko. Jarraitzen dute kalean lo egiten, ezta?

—Bai.

—Retiro parkera ere joaten dira gaua pasatzera?

—Baietz uste dut. Eguraldi ona dagoenean apropoa da leku hori.

—Bart han egon diren badakizu?

—Ideiarik ez.

Madouk croissanta kafesnean busti eta ahoratu egin du. Kokotsetik behera isuri zaizkio hainbat tanta.

—Zer ordutan etortzen dira hona zure kolegak?

—Eguerdi partean.

—Ederto. Gero pasatuko naiz berriz.

—Ados. Zerbait esango diet zure partez?

—Ez, lasai.

Inbidia eman dit Madouren gosariak eta lehenengo bultzada txurro batzuen bila joatekoa edo, behintzat, alboko okindegian opil batzuk erostekoa izan da, baina nire egoera ekonomiko berria etorri zait gogora eta baztertu egin dut ideia.

Etxera itzuli naizenean Sa Kene sukaldean topatu dut, kafea prestatzen.

—Dena ondo? –galdetu dit.

—Gutxi gorabehera.

—Atsekabetuta, ezta?

—Jakina, lerdo hutsa sentitzen naiz.

—Zer egin dezakegu hori aldatzeko?

—Vallecasen ostera bat egitea ondo egongo litzateke. Xentimorik gabe nago eta tratugile sahararrak diru kopuru majoa emango digu lepokoaren truke. Gainera, ziur badakiela zer esan nahi duten dortokaren oskoleko ikurrek.

—Ederto, lagunduko dizut. Dena dela, lehenik gosaldu egin beharko dugu.

—Ez daukat gauza handirik kafeari laguntzeko, galletaren bat eta atzoko ogi lehorra baino ez. –Mahai gainera atera ditut.

—Nahiko eta sobera, Toure.

Sa Keneren baretasunak apur bat hobeto sentiarazi nau. Bera hemen egon ez balitz, askoz txarragoa izango zen dena, altxorra galdutakoan erotu egingo nintzen, batek daki zer astakeria egingo nuen.

Ogia xigortu eta marmelada eta gurinaz tostada batzuk prestatu ditugu, eta hauek dastatu bitartean, dutxaren ontziko putzutxoan utzi dugun lagunaz gogoratu naiz.

—Badakizu zer jaten duten dortokek?

—Ideiarik ez.

—Tira, egun bategatik ez da gosez hilko. Albait arinen Retiron askatuko dugu berriz eta kito.

Gosaltzen amaitutakoan ilegorriak poltsa berria umeldu, dortoka barruan sartu eta kalera irten gara. Lavapiésko plazaraino jaitsi gara eta, ixten ez duen supermerkatuaren sarreran, zaindari tripaduna eta Tony xelebrea ikusi ditugu eztabaidan. Honek eskuan dauka kapela vietnamdarra, badirudi horrekin jo behar duela solaskidea. Zaindariak, ostera, atzamar puntaz egiten dio mehatxu, urrundik aditzen dira haien oihuak:

—Alde egiten ez baduzu, poliziari deituko diot!

—Nik eskubide guztia daukat hemen erosketak egiteko!

—Zu ez zatoz erosketak egitera! Zer uste duzu, tontoa naizela?

Hainbat aldiz errepikatutako eszena bera da, azken baten, eta inguruan ez da inor gehiegi asaldatzen. Gu ere ez. Metroko eskailerak jaitsi ditugu eta, larunbata izanda, ohi baino jende gutxixeago topatu dugu geltokian eta bagoietan. Edonola ere, astegun zein jaiegunetan, deigarria iruditzen zait latinoen presentzia, pentsa liteke honezkero gehiengo direla Madrilen. «Autoktonoak» direlako horiek, halakorik baldin badago hiri honetan, zer garraio erabiltzen duten galdetu diot neure buruari.

Vallecasera iritsi garenean zuzen jo dugu Igeldo kalerantz eta, ohi bezala, neure burua estali dut biseraz eta maskaraz kameren kontrol-eremuan sartu aurretik. Sa Keneri grazia egin dio, antza.

—Beharrezkoa da horrela mozorrotzea, Toure?

—Ez naiz inortaz fidatzen. –Kameren presentzia iragartzen duen kartela seinalatu diot–. Ahaztu zaizkizu Bilboko kameren kontura bizi izandakoak?

—Hori ez zait inoiz ahaztuko. –Seriotu egin zaio musua.

Minutu gutxiren buruan ailegatu gara Adelen ile-apaindegiaren aurrera, baina atea itxita topatu dugu. Eta barrualdera begiratu dugunean, ustekabea itzela izan da, dena lurrean botata edo hondaturik ageri baita: aulkiak, lanerako tresnak, musika-aparatua, CDak, altzarietako tiraderak... Borrokan aritu direla edo miaketa basatiren bat gertatu dela pentsa liteke.

Ingurura begiratu eta andre txinatar begiluze bat baino ez dugu ikusi, guk erreparatu orduko bere dendan sartu dena.

—Saiatu zaitez zeozertaz enteratzen, Toure –esan dit Sa Kenek–. Ni berehala nator.

Ilegorria txinatarraren dendara joan da eta nik inguruko lokalei egin diet so. Ez da ia inor ikusten kalean. Kebab bat da lokalik hurbilena, baina oraindik ez dago irekita. Errumaniako produktuak saltzen dituen denda baten probatu dut, baina bertako langileak Adelen negozioan gertatutakoaz ezertxo ere ez dakiela zin egin dit. Beste ile-apaindegi bat jo du begiz, *Casablanca* izenekoa, eta haren sarreran dauden bi morroiengana jo dut.

—Egun on –esan diet, baina ez dut erantzunik jaso–. Badakizue nor den Adel, ezta?

Oraingoan ere, ahoa ireki beharrean, halako utzikeria keinu bat egin du haietako batek buruaz. Besteak, ezta aurpegira begiratu ere. Sahararraren denda seinalatu diet.

—Horko ile-apaintzailea da Adel. Ezagutu behar duzue, derrigorrez.

—Bai, basamortuko ñañoa –erantzun du, behingoz, helduena dirudienak.

—Zer gertatu da bere lokalean?

—Ideiarik ez.

—Ez duzue ezer ikusi edo entzun?

—Ez.

Berotzen hasi naiz.

—Hemen egoten zarete potrojorran egun guztian eta ez zarete ezertaz ere enteratu?

—Gorra zara, ala?

Puntu horretara helduta, bi irtenbide dauzkat, edo amorrua irentsita alde egitea edo ostiaka hastea. Zorionez denontzat, hirugarren aukera sortu da, Sa Keneren itzulerari esker.

—Zer moduz, Toure? –Albora iritsi eta sorbaldan jarri dit eskua. Nire giharrak apur bat erlaxatu dira, eta bi magrebtarren aurpegiak ere bai.

—Ez dakit zer esan. Morroi hauek hemen ematen dute egun guztia, baina Adelen ile-apaindegian gertatutakoaz ezertxo ere ez dakitela diote.

—Ba egia izango da, lasai. –Kolpetxo pare bat jo dit bizkarrean, eta gero eskua poltsara eraman du–. Dena dela, beste zerbaitetan ziur lagundu ahal digutela.

Bi gizonen aurpegietan harridura nabarmendu da ilegorriak dortoka atera eta erakutsi dienean.

—Hizki hauen esanahia, behintzat, ziur ulertzen duzuela.

Nahasturik so egin diote elkarri. Hala ere, arretaz aztertu dute animaliaren oskola.

—Ez dakit zer esan nahi duen –erantzun du zaharrenak, eta oraingoan ez zait iruditu gezurretan ari denik.

—Ez da arabiera, ala? –galdetu du Sa Kenek.

—Marokokoa, behintzat, ez –erantzun dio morroi berak.

—Arabierak barietate itzela dauka –erantsi du gazteak–, eta, gainera idazkera hori beste hizkuntza batzuetan ere erabiltzen da.

Zalantzazko segundo batzuen ondoren, Kristinak dortoka gorde, magrebtarrei eskerrak eman eta onena alde egitea dela esan dit. Men egin diot proposamenari, nahiz eta konbentziturik egon bi morroiek askoz informazio gehiago eman ahal digutela. Horixe adierazi diot ilegorriari haiengandik urrundu bezain laster.

—Jakina, Toure. Primeran dakite zer gertatu den, kale honetako biztanle guztiek bezala, baina ez dugu jada haien testigantzarik behar.

—Txinatarrari zeozer atera diozu, ala?

—Kostata, baina bai, zerbait kontatzea lortu dut. Dirudienez, atzo iluntzean hiru gizon agertu ziren Adelen dendan, barruan sartu eta sekulako zalaparta eratu zen. Jipoi handia eman zioten, antza, baita ile-apaindegia goitik behera arakatu ere. Gauza ugari eraman omen zuten.

—Ez zion inork deitu poliziari?

—Norbaitek bai, edo bestela kameretako irudien bidez enteratu ziren, baina berandu iritsi ziren, beti bezala. Anbulantzia bat ere etorri zen eta Adel eraman omen zuen.

Hariak lotzen saiatu naiz.

—Txinatarrak esan dizu zelako itxura zeukaten erasotzaileek?

—Zure lagunaren moduko «mairuak» zirela esan dit, zurekin berriketan egon diren bi morroien antzekoak.

—Ez ziren eurak izango!

—Ez, andreak auzotik kanpokoak zirela ziurtatu dit.

Burmuina berriz martxan jarri dudanean, bat-batean, zarata desatsegina entzuten hasi da, haize-instrumentu batzuek eragindakoa. Atoan identifikatu dut: Vallecasko jubilatuen fanfarrea da. Gorbea bulebarrarekiko bidegurutzera ailegatzen ari gara eta hortxe daude kokaturik sasi-musikariak, ohi legez.

Sa Kenek iturri bat jo du begiz eta harantz abiatu da. Azoka txikia dago bulebarrean, artisauen postutxoz osatua. Inguruan terraza asko ageri dira, bezero lokalez eta, areago, latinoz beterik, eta arlote ugari ere ikusten dira bazterretan.

—Animalia gaixoak ura behar duela uste dut. –Sa Kenek dortokari burua busti dio.

Orduan gizonezko baten ahotsa aditu dugu.

—Kaixo, bikote.

Kopeta jaso eta, joder!, predikari latinoa ikusi dut, zurizko eta beltzezko andreez lagunduta, bata Azken Judizioaren kartela eskuan eta bestea sakelakoaz grabatzen, hirurak irribarre gorrotagarri hori ahoan.

—Kristau onen itxura daukazue –erantsi du, ahotsa ozenduz musikaren gainetik aditu dezagun–. Hala da, ezta?

—Zergatik ez zarete, behingoz, pikutara joaten? –bota diot, zuzen eta artez, eta, nire biseraren punta jaitsi ondoren, kameraz grabatzen ari denari aparatua ipurdiko zulotik sartzeko mehatxua egin diot.

Bi andreek atzera egin dute berehala, izu aurpegiaz. Gizonezkoa, ordea, irribarreari eusteko gauza izan da.

—Ikusten dut ez zaituztegula une egokian harrapatzen, baina hemen gaituzue, behar duzuenerako. Ziur ezin dizuegula ezertan lagundu?

Berriz antzarak ferratzera bidaltzeko nengoela, Sa Kene aurreratu zait:

—Gauza baten agian bai: badakizu Madrilgo zer ospitaletara joaten den Vallecasko jendea?

5

Behar baino gehiago kostatu zaigu ospitale egokira ailegatzea, «Vallecasko Ospitalea» deritzon zentro batera bidali baikaitu predikari ezjakinak. Han hutsaz ohartarazi eta gure kolega, egotekotan, «Infanta Leonor»en egongo zela argitu digute. Vallecas izugarri zabalaren beste puntan dago toki hori eta Sa Kenek taxia ordaintzea erabaki du, bero itzelaren eraginez sua botatzen duen asfaltoa zapaltzeaz nazkaturik.

Helmugara iritsi garenean, sarreran manifestazio zaratatsu bat topatu dugu, txilibituen hotsez lagunduta osasun zerbitzuen pribatizazioaren kontra protesta egiten duena.

Manifestari batek, ile zuriko eta on aurpegiko agure txiki batek, orri bat luzatu digu, ekintzaren arrazoiak azaltzen dituena.

—Elkartu gurekin. Denon alde ari gara borrokan.

Desenkusatu egin gara, presaka gabiltzala esanez, eta ospitaleko hallerantz jarraitu dugu. Hor beste kaos batekin egin dugu topo: sekulako ilarak, nahasmena, langileak itota, bezeroak haserre... Ahalegin askoren ondoren, eta Kristinaren pazientzia eta trebeziari esker, jakin dugu, behingoz, Adel hemen dagoela, eta gelaren zenbakia ere atera diegu. Baina traba guztiak gaindituta geneuzkala uste genuenean, beste ustekabe bat suertatu zaigu: ezin diogu bisitarik egin, behintzat egiten ari zaizkion probak amaitu arte. Ea proba horiek noiz bukatuko diren galdetu eta ez daudela seguru, apur baten itxaroteko.

Itxarongela baten amaitu dugu, bada, nazkatu itxurako bisitariz inguratuta, eta «apur» hori luzatu eta luzatu egin da, eta denbora igaro ahala guri ere gainerako bisitarien antzeko ozpindu aurpegia ipini zaigu.

—Hemen alferrik gaude –esan diot Sa Keneri.

—Baliteke, baina behin honaino helduta, ez dugu alde egingo ezer jakin gabe, ezta?

—Ezta pentsatu ere. –Bat-bateko erabakia hartu dut–. 613 gelan dagoela esan dute, ezta?

—Bai. Zer egin behar duzu, Toure?

—Ekarri poltsa, mesedez.

—Esan, zer egin behar duzu?

—Nire kontu. Zuk itxaron hemen.

Dortokaren poltsa sorbaldatik eseki eta gelen pasabidean sartu naiz, erabakitsu, eta inork eragotzi ez didanez, helmugaraino ailegatu eta Adelen gelan sartu naiz. Bi ohe ikusi ditut, batean agure loti bat dago eta bestean nire kolega, nahiz eta ezagutzea zail samarra suertatu. Izan ere, aurpegi erdia arnasa hartzeko maskarak estaltzen dio, buruan benda luze bat jarri diote, hanka bat airean jasota dauka, eta beso bat plastiko gogor batekin babestuta. Eta hori dena gutxi balitz, suero edo botikei konektatuta dago. Edonola ere, nire bisitaz ohartu bezain laster sahararrak maskara kendu du.

—Toure, zertan zaude hemen? –bota du, bere egoeran ezinezkoa dirudien animoaz.

—Ilea moztera joan naiz Igeldo kalera, eta adiskide jator batzuek bisita egin dizutela enteratu naiz.

—Jator-jatorrak, bai. A ze sasikume kuadrilla!

—Nortzuk izan dira, ba?

—Marokoko zerbitzu sekretuetako zakurrak.

—Ez didazu inoiz hitz egin jende horretaz.

—Aspaldiko ezagunak ditut, lantzean behin etorri izan zaizkit ile-apaindegira, kikildu nahiz. Orain arte mehatxuak baino ez dira izan, ez dira ausartu ni ukitzen, baina oraingo honetan…

—Zer daukate, ba, zure kontra?

—Gauza asko. Zertarako uste duzu erabiltzen ditudala tratuetatik ateratzen ditudan irabaziak?

—Txalet ederra egiteko Madrilgo mendialdean?

—Ez, lagun. Ni betiko pisu txikian bizi naiz Vallecasen, alokairuan. Irabaziak gure kausarako dira, menperatzaile kabroi horien kontra borroka egiteko.

Banekien Adel harro zegoela bere saharar izaeraz, baina ez nuen espero horren ekintzaile aktiboa izatea.

—Fronte Polisario delako horri ematen diozu dirua?

—Ez, marokoarrei min gehien ematen diena propaganda bera da, Europako jende guztiak jakitea zelako bidegabekeria egiten ari diren saharar herriarekin. –Txua irentsi eta amorruz berbetan jarraitu du–. Autodeterminazio-erreferenduma egiteko hartu zuten konpromisoa ahaztu eta gure eskariak denboraren poderioz usteltzea nahi dute. Baina gu ez gaude prest horretarako, eta horri kontra egiteko modurik egokiena ahalik eta zarata handiena egitea da. Vallecasen elkartasun-mugimendu sendoa dago, eta asko laguntzen didate zeregin honetan. Auzo hau salbuespena da fatxaz betetako hiri honetan.

Adelek oxigeno-maskara ahoan jarri behar izan du bizpahiru arnasaldi egiteko.

—Ez diozu poliziari deitu gertatutakoa salatzeko?

—Behin deitu nien mehatxuena kontatzeko eta ez zidaten jaramonik ere egin. Gainera, niri neuri ere ez zait komeni zakurrekin tratu gehiegi izatea, nire negozioak zeintzuk diren kontuan hartuta.

Beste arnasaldi pare bat egin eta ahots makalagoaz jarraitu du hizketan:

—Oraingoan makurrarazi eta min emateko asmoz egin didate bisita. Saharar bandera erre egin dute, gure musikako CDak amorruz zapaldu… eta txarrena, gauza baliotsuak, dirua eta harribitxiak, eraman egin dituzte. Hondoa jota utzi naute, alde guztietatik.

—Behintzat, legala izanda, ospitale baten zaude, ondo zainduta. Niri honelako zerbait gertatuz gero, akabo.

Sahararra hobeto sentiaraztearren edo, nire altxorrarekin gertatutakoaren berri ematear egon naiz, baina une horretan alboko oheko agureak erakarri du nire arreta. Begiak zabalik dauzka, zabal-zabalik, eta niri tinko begira dago, ikarazkoa dirudien adierazpenaz. Segituan oheburuko botoi gorria sakatu du, eta «kaka!» pentsatu dut.

—Esan egia –itaundu dit Adelek–, zertara joan zara berriro ile-apaindegira?

—Hobeto pentsatu dut lepoko honetaz egin zenidan eskaintza. –Sa Kenerentzat izan behar zuen oparia erakutsi diot–. Dena dela, imajinatzen dut orain ez dauzkazula karteran agindu zenizkidan bi mila euroak.

Adelek eztula egin du, minez.

—Ez barre eragin, mesedez! Lur jota utzi naute. Ez daukat dirurik ezta metrorako txartela erosteko ere, agian zeuri eskatu beharko dizut mailegua.

—Jai duzu! Nik kontatuko banizu…

Erizainaren ahotsa aditu da agurearen ohe gaineko mikrofonotik:

—Bai, esan.

—Lapurra! –bota du morroiak, niri izuz begira–. Etorri arin, mesedez!

«Zoro hori!», pentsatu dut eta zalantzan geratu naiz, zer egin. Hobe nuke hemendik lehenbailehen alde egitea, baina Adeli ez diot dortoka erakutsi oraindik… Eskua poltsara eraman dut, eta, animalia ateratzearekin batera, erizain batek gelako atea zabaldu eta gorrotoz begiratu dit.

—Zer demontre!? Ez dizuet esan, ba, kanpoan itxaroteko?

—Lasai, banoa. –Poltsan sartu dut berriz dortoka.

—Lapurra! –errepikatu du agureak, ni seinalatuz.

—Zer arraio diozu? –Adelek.

—Zerbait ostu dizute? –Erizainak.

—Ez dakit, ze lo geratu naiz. Esan nizuen ez sartzeko mairu hau nire ondoan! Hara zelako lagunak dauzkan!

—Seguritatea, 613 gelara! –Erizainak, hormako telefonotik.

Gauzak gehiegi konplikatzen ari dira eta ospa egitea erabaki dut, baina erizaina traba egiten ahalegindu da. Hitzez konbentzitu ezinik, bultzada batez kendu dut ate aurretik eta pasabidera irten naiz, baina Sa Kene dagoen itxarongelara ailegatu baino lehen, segurata bik bidea itxi didate.

Kontrako norabidean abiatu naiz arrapaladan, eta pasabidearen amaieran larrialdiko irteera topatu, ateari bultza egin eta kanpoko hormari itsatsitako eskailera metalikoetatik jaitsi naiz ahalik eta bizkorren, zarata handia eginez, nire jarraitzaileek legez. Nola edo hala ospitale aurreko lautadara ailegatzea lortu dut, baina hor bi polizia agertu dira eta, errugbilarien estiloko plakajea eginda, lurrera bota eta immobilizatu egin naute. Erorketaren ondorioz, dortoka poltsatik atera eta hainbat metrotan irristatu da oskolaren gainean hankaz gora. Protesten antolatzailea dirudien agure txikiak jaso eta ekarri egin digu.

—Hau zuena dela uste dut –esan die poliziei, eta gero neuri egin dit berba–: Manuel naiz, Madril Justuagoa elkarteko presidentea. Ez zaude bakarrik; laguntzarik behar baduzu, jo gugana.

Poliziek zutiarazi nautenean, Sa Kene ikusi dut ospitaleko sarreratik ateratzen eta gugana korrika hurbiltzen, baina zakurrek ez diete jaramonik egin haren protestei, patruila-autoan sartu eta martxan jarri gara sirena piztuta. Abiatu aurretik ikusi dudan azken gauza nire lagunaren larritasun aurpegia izan da. Manuel delako horrekin elkartu eta hizketan geratu dira.

6

—Burkina Fasoko kankailu papergabe bat saharar kakanarro eta liskarti bati bisita egiten ospitalean, dortoka bat poltsan eta dirutza balio duen lepokoa sakelan. Txiste baten hasiera dirudi, baietz!

Patxadaz mintzatu da polizia, honezkero lar ondo ezagutzen dudan keinua ezpainetan, nire gainetik sentitzen diren jilipollen irriño higuingarri hori. Beronen aurpegian, gainera, bereziki desatsegina geratzen da irria, baztangak gogor zigortutako azala izanda.

Itaunketa amaigabe honetan zehar nirekin hitz egiten duen hainbatgarren udaltzaina da, eta badirudi morroi hau aurrekoen nagusia dela. Menpekoei alde egiteko eskatu eta bakarrik geratu gara gela txikian. Nire zoria bere apeten menpe dagoela sumatzen dut.

—Eta, gainera –erantsi du harri gorriko idunekoa esku batetik bestera pasatuz–, genero indarkeria erabili duzu ospitaleko erizain baten kontra. Zure herrialdean ez dakit, baina hemen hori oso kontu larria da, badakizu?

Nazkatuta nago errepikatzen erizainari bultzada txiki bat baino ez diodala eman, baita idunekoa Parisen erosi nuela lagun bati oparitzeko, eta dortoka nire maskota dela ere. Baina alferrik da dena, bistan da ez didatela sinesten eta, egia esan, ez da harritzekoa. Edozein kasutan ere, isilik irautea hobetsi dut.

Segundo batzuetan lepokoaren harritxoek elkarren kontra jotzean egiten duten hotsa baino ez da aditu gelan.

—Honen ordainagiria galdu duzu, ezta?

—Bai.

—Eta dortokaren erosketarena ere bai.

—Bai.

—Eta erosi zenuen dendaren izena eta kokagunea ez dituzu gogoan.

—Ez.

Isilaldia berriro.

Beste polizia baten etorrerak atera nau estualditik. Zerbait esan dio belarrira nagusiari eta alde egin du.

—Ze interesgarria! –bota dit galdekatzaileak–. Dortokaren oskoleko idatziaz ere ezer ez dakizula esan diguzu.

—Deus ez.

—Horrela zegoen erosi zenuenean, ezta?

—Bai.

—Ez zaizu azalpen zentzudunagorik bururatu!?

Arrazoi guztia dauka zakurrak. Nork irentsiko du horrelako istoriorik? Pentsatzeko denbora gehiago izan banu, agian zerbait hobea bururatuko zitzaidan, baina inprobisatu behar izan ditut erantzunak eta orain ez dago bueltarik.

—Baboa –esan dit ustekabean, eta zeharka begiratu diot. Irriño hori berriro–. «Baboa» –errepikatu du–, horixe esan nahi omen dute oskoleko hizkiek. Zer diotsu horrek?

Pentsakor geratu naiz, eta itaun bat baino ez zait bururatu:

—Zer hizkuntzatan?

—Ez dakizu?

—Ez.

—Benetan? –Nire nahasmen aurpegian argi geratuko zen orain arte esan dudan egia ia bakarra dela–. Hasania hizkuntza da, Mendebaldeko Afrikako hainbat lekutan hitz egiten dena, batez ere Mauritanian eta...

—Eta? –galdetu behar izan dut.

—Eta Saharan, Mendebaldeko Sahara deitzen duten horretan. Zer ondorio ateratzen duzu?

Lehenengo ondorioa nahasmena izan da, baina nahasmen hori berehala haserre bihurtu da, eta haserrea handituz joan da, sabeletik gora igo zaidan halako bihotzerre jasanezin bat bihurtu arte. «Putakumea!», pentsatu dut; ez nuen inola ere imajinatuko.

—Zer darabilzu buruan? –itaundu dit zakurrak, eta nire asaldura estali beste irtenbiderik ez dut izan.

—Ez dakit zer esan.

—Ez ni hartu ergeltzat, mesedez.

Oraingoan baztangadun aurpegian ez dago irribarre arrastorik ere. Zerbait konbentzigarria erantzun beharko nioke, baina ez zait ezer bururatzen.

—Zenbat jende ezagutzen duzu hasaniaz hitz egiten duena? –erantsi du–. Zer mamoneo darabilzu ospitaleko mairu horrekin eta dortoka madarikatuarekin?

Galdera horiek ere erantzun gabe utzi ditut, marroi handi baten sartuta nago eta ez dakit nondik irten. Amaiezina iruditu zaidan isilaldi bat etorri da, polizia paseatzen hasi da gela txikian, ni nagoen mahaiaren inguruan. Gero berriz hitz egin dit, adeitsuago:

—Bi aukera dauzkagu. Lehenengoa, legeak agintzen duenaren arabera jokatzea, hau da, zu, atzerritar ilegala eta arriskutsua izanda, Estranjeriako kolegen eskuetan uztea. Horren ondorioz, CIE baten amaituko zenuke.

CIE hitza entzute hutsak hotzikara eragin dit. Behin atxilotu, halako zentro baten sartu eta, egun gogor batzuen ondoren, Afrikara bota ninduten. Moldatu nintzen, nola edo hala, Europara itzultzeko, baina ez nuke inola ere esperientzia beretik pasatu nahi. Beraz, galdera logikoena egin diot poliziari.

—Zein da bigarren aukera?

Berriz azaldu da irriñoa zakurraren aurpegi itsusian, eta horrekin batera ozendu egin da esku artean darabilen idunekoaren harriek elkar igurztean egiten duten hotsa.

7

Komisariatik kalera irtetean Sa Kene bizkor hurbildu zait, kezka aurpegiaz.

—Ondo zaude, Toure?

—Ondo izorratuta.

—Txarto tratatu zaituzte, ala?

—Ez didate ostiarik eman, hori esan nahi baduzu.

—Orduan? –Eskutik heldu dit eta komisariatik urrundu gara–. Dauzkazun aurrekariekin, ez neukan oso argi libre utziko ote zintuzten ere.

—Zakurrekin beti gertatzen zait gauza bera: bost axola zaizkie nire aurrekariak, niri xantaia egiteko bakarrik erabiltzen dituzte, edo zerbait probetxugarria ateratzeko. Ezetz asmatu oraingo honetan zer oparitu behar izan diedan askatasunaren truke.

—Joder, lepokoa.

—Horixe. Zin egin behar izan diet ez dudala erreklamatuko, eta hobe dut promesari eustea.

—Ez dira leloak, ez. Dortokarekin ere geratu dira?

Animaliaren aipamen hutsak berriz sentiarazi dit lehengo amorrua eta martxa bizkortu dut, ilegorria ia arrastaka eramanez.

—Dortoka ez dugu jada ezertarako behar. Goazen!

—Nora?

—Ospitalera berriro. Mairu ñaño bati lepoa moztu behar diot, ahal dela aitorpen bat atera ondoren.

—Itxaron, Toure, itxaron! –Sa Keneren finkotasunak geldiarazi egin nau–. Zer arraio diozu? Zertara joan behar dugu berriz arazo guztiak hasitako lekura? Lasaitu apur bat eta ondo kontatu gauzak, mesedez.

Terraza baten alboan gaude. Eztarria lehor-lehorra daukat eta inbidiaz begiratu diet eguzkitakoen gerizpean garagardo pitxarrak patxadaz edaten dituzten bezeroei. Kristinak, nire gogoeta asmatu du:

—Ezer baino lehen, har dezagun trago bat.

Jesarri gara, bada, terrazan eta pinten neurriko basokada batzuekin egin diegu aurre beroari eta estresari. Komisarian gertatutako guzti-guztia kontatu diot Sa Keneri, baita dortokako idatziaren misterioa argitu ere.

—Ulertzen duzu orain –galdetu diot–, zergatik daukadan halako grina Adeli lepoa bihurritzeko?

—Bai, ulertzen dut, baina ondorioa gehiegi pentsatu gabe atera duzula uste dut. Ea, eman dezagun egia dela poliziak esan dizuna hizki horien esanahiari buruz, ze ez dauka zertan gezurretan ibili. Zuk uste duzu Adelek, bera balitz altxorraren lapurra, bere hizkuntzaz idatziko zizula halako mezu bat? Zertarako? Bera bilakatzeko susmagarri nagusi?

Berehala ohartu naiz arrazoi guztia daukala Sa Kenek. Lotsa sentitu dut hain xinplea izateagatik.

—Bera izan beharko litzateke baboa, babo hutsa, halakorik egiteko –jarraitu du–. Nik ez dut morroia ezagutzen, baina horren kaikua da?

—Ez, guztiz kontrakoa. Oso azkarra ematen du.

—Orduan argi dago beste norbaitek egin duela idatzia, zu despistatu eta okerreko bidean jartzeko.

—Eta argi dago, gauzak horrela, ezertxo ere ez daukagula, argibide bat ere ez.

—Lapurrak bazekien norengana joaten zinen bitxiak saltzera. Inor bururatzen zaizu?

—Nik esango nuke inork ere ez zekiela altxorra neukanik, ezta honen piezak saltzen nituenik banan-banan, Adel bera izan ezik, noski. Nik, behintzat, ez diot beste inori ezer kontatu.

—Ba, ziurrenik, norbaitek jarraitu dizu Retiroko ezkutalekura, edo Vallecasko ile-apaindegira, edo bi lekuetara. Pentsatu hobeto, ez zaizu inor bururatzen?

Tarte bat eman dut hausnarrean.

—Ez. Dena dela, zuk ere aditu zenituen Retiroko barreak eta adar-jotzeak, uretatik poltsa hutsa atera genuenean. Ezkutuan zeudenak etxegabeak izango ziren, eta horietariko batzuk ezagutzen ditut Lavapiésen, batzuetan Retiron lo egiten dutenak. Zuk ere atzo ikusi zenituen, Madou gameluarekin eserita egoten direnak dira. Ondo egongo litzateke eurekin hitz egitea, zeozer ote dakiten.

Auzora itzultzeko premia sentitu dut, eta halaxe adierazi diot gogoetan ari den Sa Keneri.

—Nahi duzu nik, badaezpada, ospitalera itzuli eta Adelekin hitz egiten saiatzea? –galdetu dit ustekabean.

—Zertarako? Ez dugu, ba, esan, berak ez daukala zerikusirik lapurretarekin?

—Ia ziur nago ezetz, baina…

—«Ia»? –moztu dut–. Iritziz aldatu duzu, ala?

—Hipotesi bat otu zait, zaila bai baina ezinezkoa ez. Ospitalekoa kenduta, zu noiz egon zara azken aldiz Adelekin?

—Atzo goizean eraztun bat saldu nion, ile-apaindegian.

—Ados. Oso txarto pentsatzen hasita, demagun arratsaldean altxorra ostu zizula, eta gero ile-apaindegira itzuli zela gauza batzuk batzera. Bere asmoa Madrildik desagertzekoa izan zitekeen, horregatik idatziko zizun dortokaren oskolekoa, baina han zegoen bitartean, zerbitzu sekretuetakoak agertu, jipoitu eta ospitalera joan behar izan zuen.

—Joder, zuk uste duzu…

—Ez, ez dut uste baina litekeena da. Horregatik, ondo baderitzozu, zuk arloteak bilatzen dituzun bitartean, ni ospitalera itzuliko naiz. Beharbada honezkero utziko didate morroia bisitatzen eta tanteatu egingo dut.

—Itxaron momentu baten.

Telefonoko agendan Adelen zenbakia bilatu eta markatu egin dut. Mezu bat irten zait, telefono hori itzalita edo estalduratik kanpo dagoela dioena. Berriro probatu eta erantzun bera jaso dut.

—Ez du erantzuten –esan diot Kristinari.

—Beharbada, erasotzaileek kendu egin zioten telefonoa, edo apurtu, batek daki. Orduan, zer diozu, joango naiz ospitalera?

—Bai, ondo iruditzen zait. Eta gaua egin aurretik mugituz gero, hobe.

Altxatu egin gara, bada, eta metro geltokirantz abiatu.

—Beste zerbait daukat kontatzeko –esan dit Sa Kenek, eta erne jarri naiz–. Lehen Manuelekin hitz egin dut, ospitaleko protesten antolatzailearekin, gogoratzen zara?

—Bai, noski. –Ez zen hori espero nuen kontakizuna.

—Dirudienez, halako kolaborazio-sare zabal bat daukate antolatuta, eta arazo legalak dauzkaten atzerritarrei ere laguntzen diete. Zera esan dit, agian zuri ere lagundu ahal dizutela paperak lortzen. Probatu nahi duzu?

—Etsita nago honezkero. Mila aldiz saiatu naiz alferrik.

—Beste behin probatzeagatik ez da ezer galtzen. Hara, bere txartela eman dit, gorde nahi duzu?

Jaso dut txartela, baita poltsikoan sartu ere eta, berak gaia ateratzeko asmorik ez daukala ikusita, neuk bota diot galdera:

—Ez didazu ezer kontatu behar gorputzean dauzkazun kolpe-aztarna horiez?

Ilegorriari seriotu egin zaio musua.

—Nork egin dizkizu marka horiek? –berretsi dut–. Umea egin zizun morroi berberak?

Segundo batzuk igaro dira Sa Keneren erantzuna heltzerako.

—Aspaldiko kontua da, esan dizut, txarto ateratako erlazio baten ondorioa. Orain dena amaituta dago.

—Benetan? Noizkoa da begiko kolpea? Eta buruko koskorra?

—Ez dut nahi zu horretaz kezkatzea, Toure, kontrolpean daukat dena.

—Ziur?

—Ziur, eta eskertuko nizuke gai hau betiko ahaztea. Orain ondo nago, oso ondo, horixe da inportanteena.

Irriñoa behartu du Kristinak. Metroan sartu gara, gure bideak banatzeko momentua hurbiltzen ari da.

—Nork bere zeregina betetakoan –erantsi du–, Lavapiésen elkartuko gara berriro?

—Bai –erantzun dut, etsita–. Deitu heltzen zarenean, ni han ibiliko naiz bueltaka.

—Ados, ba, gero arte.

8

Lavapiésko metro-geltokitik irtetean petril baten gainetik aldarrika ari den andre batekin egin dut topo. Honek berehala bukatu, eta beste batek hartu dio txanda. Garbiketa-zereginetan ari diren langileen egoera negargarriagatik dihardute protestaka, latinoak dirudite eta itxura berekoak dira entzuleria eskasa osatzen duten gainerako andreak. Ez dirudi beste inori gehiegi inporta zaionik emakumeon arazoa.

Aurrera jo eta Erika ikusi dut plazako apustu-etxetik ateratzen eta alboko jarlekuan esertzen, burumakur. Ziur ez dela barran egon kafea eta txurroak hartzen, baizik eta makinetan dirua xahutzen, sos batzuk lortzen dituen guztietan egiten duen bezalaxe. Eta gauza bera gertatzen zaio horrelako lokalen zale porrokatuak izaten diren afrikar txiro ugariri. Ez dakit zer arraio daukan postura kontuak nire azal koloreko hainbeste lagun harrapaturik izateko, zorte-kolpe baten ondorioz miseriatik irteteko esperantza, imajinatzen dut. Baina zorte onak iskin egingo die beti gizarteko baztertuei.

Erikak minutu batzuk beharko ditu atsekabea pasatzeko, eta, tarte hori igaro ondoren, Burma liburu-dendaren aurreko jarlekura itzuli eta berriz hasiko da txanponak eskatzen garagardo merkeaz mozkortzeko. Errukia sentiarazten dit, baina ez da nire arazoa, nahikoa daukat neurearekin.

Vedette ohiaren ondotik igarotzea saihestuz, Ave María kalean gora jo dut, larunbat arratsaldeko terraza arrakastatsuen artetik, Madouren jesarlekura ailegatu naizen arte. Gamelua bakarrik dago, eta goiko aldetik datorren ilara luzea, itxura apaleko jendez osatua, ia haren pareraino ailegatzen da.

—Zelako eguna izan duzu, Toure? –galdetu dit haren aldamenean jarri naizenean.

—Ez da nire bizitzako onena izan. Eta zurea?

—Ni ezin naiz kexatu.

Ilara seinalatu diot buruaz.

—Nire irudipena da ala gero eta jende gehiago biltzen da hemen arratsaldero?

—Debaldeko janaria amu ona da garaiotan, lagun. Putada bakarra da ohiko bezerook gero eta gehiago itxaron behar dugula poltsakada jasotzeko.

—Zuk ez duzu nahikoa irabazten zeure negozioarekin, ala?

—Bai, baina gastu asko dauzkat, ez pentsa. Gainera, nagikeria ematen dit erosketak egitera joateak, eta hemengo jana hartuta denbora librea irabazten dut.

—Denbora librea? Egun osoa hemen musika entzuten edo begira pasatzen duzu eta!

—Begira ez, lagun, lanean. Bezeroaren zerbitzura egon behar da beti. Horregatik, ezin dudanez ordubete galdu hor ilara egiten, estrategiaz aldatu dut: orain eskupeko bat ematen diot kolegaren bati, eta berak gordetzen dit lekua, nire txanda izan arte. Horrela, bide batez, behartsu bati laguntzen diot.

Lepoa luzatu eta norbait jo du begiz goiko kale kantoiaren inguruan.

—Berehala tokatuko zait –erantsi du.

—Ez zenuen ilaran jarriko zurekin egoten diren arlote horietariko bat?

—Ez. Beste egun batzuetan bai, baina gaur ez ditut ikusi, halandaze mutiko bati egin diot mesedea.

Madarikazio bat bota dut nirekiko.

—Ez dira, ba, egunero-egunero hona etortzen zure kolega horiek?

—Normalean bai, baina gaur agertu ere ez dira egin, ez dakit zergatik. Zertarako behar dituzu, ba?

—Eurekin hitz egin behar dut.

—Zertaz?

Nahiago izan dut ez erantzun. Gora begiratu eta, Burma liburu-denda oraindik irekita dagoela ikusirik, Madou agurtu eta harantz jo dut. Denda bezeroz hutsik dago, ohi bezala, eta sarreran eguneko milagarren zigarroa erretzen ari den gizonaren alboan gelditu naiz.

—Zelako eguna, Alfredo?

—Tira, hobea izan zitekeen.

—Zenbat liburu saldu duzue gaur?

—Komiki bat, umeentzako ipuin bat eta bigarren eskuko nobelatxo horietariko bi.

Kartoizko kutxa baten ageri diren liburu maiztuak seinalatu ditu. «Euro bat» dio hari itsatsitako karteltxoak. Harira etortzea erabaki dut:

—Aizu, Alfredo, Madou ezagutzen duzu, noski.

—Nola ez, aspalditik.

—Eta berarekin egoten diren bi etxegabeak ere bai.

—Jakina, auzoko disc-jockey onenak dira.

—Gaur ez dituzu ikusi egun guztian?

—Nik ez, baina beharbada etorri dira liburu-dendaren barruan nengoenean. Ez pentsa egun guztia pasatzen dudanik hemen erretzen. Zertarako behar dituzu, ba?

Segundo batzuk hartu ditut erantzuteko.

—Lasai, ez da ezer inportantea.

Chus dendaren barruan dago, hormako argazki eta apaingarriak berrantolatzen. Zeregina bukatutzat eman duenean gugana etorri da.

—Zer moduz, Toure?

—Lar ondo ez. Eta zu? Alfredok esan dit zuentzat ere ez dela egun biribila izan.

—Hau negargarria da. Alferrik da asteburuetan ere zabaltzea, edo nobela beltzean, komikian nahiz haur literaturan espezializatzea. Dena probatu dugu eta ezerk ez du funtzionatzen. –Zizpuru egin du–. Honela jarraituz gero, guk ere gosearen ilaretan amaituko dugu laster.

Buruaz seinalatu du astiro-astiro aurreratzen ari den jende andana. Madou haren goiko puntan kokatzen ikusi dugu.

—Hara nor datorren, falta zena –erantsi du azal leuneko andreak, kalearen beheko alderdira begira.

Erika ikusi dut gugana hurbiltzen, aldaparen gogorra gorabehera, gorputzaren tentetasunari eta ibilera duinari eutsi nahian.

—Itxi beharko dugu, ezta, Chus? –esan du Alfredok, zigarrokina lurrera botatzeaz batera, eta bikotea liburu-dendan sartu da, baita atea barrutik itxi ere.

Ni vedette ohiaren zain geratu naiz eta haren lehenengo hitzak espero nitzakeenak izan dira:

—Toure, maitea, a ze egun gogorra! Trago bat behar dut deshidratatu aurretik, apuntatzen zara?

Nire poltsikoaren urritasuna etorri zait gogora, baina, «ze demontre!» pentsatu eta bi euroko txanpon bat atera dut. Bere dendaren sarreratik adi so egiten digun andre txinatarrari keinu bat egitea nahikoa izan da berehala litro erdiko bi garagardo-lata fresko ekartzeko. Horiek hartu eta Erikaren jesarlekuan kokatu gara. Tenperatura ez da gehiegi jaitsi, baina eguzkia ezkutatu ondoren gusturago egoten da kalean.

—Mundu hau bidegabekeriaz beterik dago, laztana.

—Niri diostazu?

Trago izugarri luzea eman dio garagardoari. Martxa horretan normala da egunero hainbat litro edatea, nork ordaindu aurkituz gero, noski.

—Inoiz hitz egin dizut Pasapogaz, Toure?

Askotan hitz egin dit, jakina, «munduko kabaretik onena»z; edo hitz egiten hasi, behintzat, ze ez diot inoiz aukerarik eman gehiegi luzatzeko. Gaur, ostera, ez dut aitzakiarik bilatu libratzeko.

—Inoiz bai, baina ez luzeegi.

Nire erantzunak mihia askatzeko bidea erraztu dio, eta galdera batekin hasi du jarduna:

—Badakizu nor izan zen Antonio Machín?

—Ideiarik ez.

—Eta Frank Sinatra?

—Izen hori apur bat ezagunagoa egiten zait.

—Ba entzun behar zenituzke haien abestiak. «*Toda una vida estaría contigo…*».

Harritu nau Erikaren gustuak kantatzerakoan, baita intonazio zuzenak ere. Ez nuen espero halakorik haren eztarri hondatutik. Gero ingelesez hasi da, «*Strangers in the night…*». Hizkera nahiko makarronikoa iruditu zait, baina estiloari eutsi dio, eta zuhurtasunez abestu du, oihukatu gabe, oraindik bere alkoholemia maila gehiegi igo ez den seinale. Gero esku librea nire izterrean jarri eta berbaz jarraitu du:

—Musikaren historian egon diren artista onenetakoak dira Machín eta Sinatra, maitea, eta Pasapogatik pasatu ziren biak, pentsa zelako mailako lokala zen. Ni artean umea nintzen, eta ez nuen imajinatuko urte batzuk geroago nik neuk jardungo nuela han lanean, atzerritik etorritako beste hainbat figuraren artean. –Piztu berritako farola baten argitan bilatu ditu gomuta zaharrak–. Horien guztien artean, niretzat gogoangarriena Coccinelle izan zen, Paristik etorritako izarra, munduko lehenengo transexual mediatikoa. –Bat-batean isildu eta so egin dit une batez–. Badakizu zer den «transexuala»?

—Bai, noski.

Une horretan Alfredo eta Chus Burma liburu-dendatik irten dira, pertsiana jaitsi eta alde egin dute, niri errukia edo agian elkartasuna adierazten duen keinua egin ondoren.

—A ze artista puska Coccinelle! –berrekin dio atsoak–, eta a ze estiloa ikuskizunetan! Bera izan zen nire eredua eta, denboraren poderioz, eredua gainditu nuen, orduko bezero eta hedabideek aitortzen zutenez. Urrezko garaian mundu osoko bisitariak jasotzen genituen Pasapogan, jende izugarri inportante eta aberatsa. Saudi Arabiako erregea bera ere etorri zen behin, imajina dezakezu? Eta ezetz asmatu nor hartu zuen apetan!

—Nor? –esan diot, nahiz eta erantzuna imajinatu.

—Kabareteko izar nagusia, Erika Clash handia!

Pausa bat egin du atsoak eta, hodeitik jaitsita, lata hustu eta ahoskera apalagoaz mintzatu zait:

—Primeran gaude hemen biok, laztana, baina eztarria lehortzen ari zait. Zuri ez? Beste lata bana edango dugu?

Bigarrenez pentsatu dut, «ze arraio!», nire lata ere hustu dut eta txinatarren ohiko aurpegiera adieragabeaz so egiten digun dendariari keinua egin diot. Berehala atera dizkigu beste garagardo bi, terrazako zerbitzu eta guzti, prezioa igo gabe. Erika asegaitzak beste trago luze bat irentsi, korrokada bota eta berbaz jarraitu du, ahoskera ozenduz pixkanaka:

—Baina nik uko egin nion erregeari. Nirekin oheratu nahi zuela esan zidanean beldurra sentitu nuen, badakizu? Batek daki zer espero zuen morroiak, zelakoa imajinatzen ninduen biluzik, Erika ala Pedro gisa, horixe baita nire lehengo izena. Izan ere, nik, operatuta egon arren, dena mantentzen dut, ulertzen didazu? –Ez dut ulertu, baina isilik geratu naiz–. Eta mairuekin ezin zara fidatu, munduko tiporik aberatsena izan arren, batek daki zelan erreakzionatuko zuen errealitatea deskubritzean. –Berriz egin du zurrut–. Beraz, ezetz esan nion. Ea zenbat emakumek esan dezaketen errege bati kalabazak eman dizkiotela.

Garagardoa irensteko istorioak kontatzeko adinako zaletasuna daukan vedette ohiak jarraitu egin du pasadizoak kontatzen. Klubak izandako bisitari ospetsuenen zerrendarekin segitu du, bere miresle zenbakaitzetako batzuk ere aipatu ditu, eta gero klubaren azken urteetako bilakaera penagarriaz jardun du. Nik, ostera, momentu jakin batetik aurrera deskonektatu eta erdizka jarraitu ditut haren azalpenak, beste barik neure garagardoa dastatzean zentraturik, noizean behin adostasun keinuez edo monosilaboez erantzuten diodala andreari. Eta horrela egon gara denbora luzean, harik eta, ezustean, Sa Kene begiz jo dudan arte. Ez dut ikusi gure muturren aurrean kokatu den arte. Irribarre egin dio Erikari, hau unc batez isildu da eta horrek aukera eman dio ilegorriari ahoa irekitzeko:

—Zerbait inportantea daukat kontatzeko, Toure.

Pasapogako izarrari so egin diot, desenkusatzeko aitzakia bila, baina berak erraztu dit zeregina:

—Lasai, laztana. Ulertzen dut ni baino gazteagoak nahiago izatea, horrelakoa da bizitza. –Ahoskera malenkoniatsua atera zaio, eta tonu berean ekin dio kantuari–: «*And now, the end is near, and so I face the final curtain...*». Ulertzen duzu letra?

—Bai.

Sorbaldan ipini dit eskua eta haren azken hitzak ez dira hain erromantikoak izan:

—Alde egin aurretik, beste garagardo bat edaten gonbidatuko nauzue, ezta?

9

Etxe ondoan afaltzea erabaki dugu, Ave María kalean bertan dauden jatetxe indiarretako baten. Egia esateko, indiarretik izena baino ez daukate, langile nahiz nagusi guztiak Bangladeshekoak baitira, baina «indiar» izendapena amu hobea da, antza, Asiako herrialde txiroenarena baino.

Aukeratu dugun tokia probatu dut inoiz edo behin, Ekialdeko estiloko janari dexentea dauka, ez da minegia eta, inportanteena, merkea da. Sa Keneren iragarpenak jakin-mina piztu dit eta ezin izan dut gehiegi aguantatu zalantza argitzeko. Terrazako mahaian lekua hartu bezain laster egin diot galdera:

—Zer da kontatzeko duzun hori?

—Ezer onik ez. –Ilegorriaren seriotasunak kezka sortu dit–. Lehen ospitalera joan naiz, adostu dugun bezala. Ez dit inork trabarik ipini Adelen gelara ailegatzeko, baina, justu atea irekitzeko nengoela, barrutik ateratzen ziren kexuak entzun uste izan ditut.

Zerbitzariak, hainbeste ezagutu ez arren kolegatzat naukan Kamal gazte potolo alaiak, mahai-tresnak eta *naan* ogia ekarri eta menuaren orria utzi digu.

—Edateko? –galdetu du.

Kristinak niri utzi dit aukeratzen. Kingfisher garagardo bi eskatu ditut eta, Kamalek alde egindakoan, nire lagunak kontaketarekin jarraitu du:

—Belarria ipini dut, ba, atearen kontra eta bi ahots bereizi ditut, bata mehatxuka edota galdezka ari zena, eta bestea erruki eske edo. Hori iruditu zait, behintzat. Atea zabaldu dut bat-batean eta gizon bat ikusi dut zure lagun saharararraren ondo-ondoan, hurbilegi. Ni ikustean apur bat aldendu da, baina torturatzen ari zela esango nuke. Gaixoak ikara aurpegia zeukan, eta laguntzeko eskatu didanean, ez dut jakin zelan jokatu.

—Ondoko oheko agure petralak ez du ezer egin? Goizeko arazo guztiak haren protestengatik hasi dira.

—Norbait zegoen alboko ohean, bai, baina bizkarra emanda, zirkinik egin gabe. Agian lo; agian lo plantak egiten, Adel bera eta ni neu bezain kikilduta.

Naan zatitxo bat hartu eta ahora eraman dut.

—Morroi hori, torturatzailea, magrebtarra zen?

—Ez, espainiar peto itxura zeukan. Zertan ari zen galdetzeko egon naiz, baina bera aurreratu zait, oso zakar, ea nor ostia naizen galdetuz. Adel nire laguna dela azaltzen hasi naiz, baina moztu egin nau. «Polizia naiz, gaizkile hau galdekatzen ari naiz, eta hobe duzu hemendik lehenbailehen alde egitea». Horixe bota dit, harropuzkeriaz.

—Plaka erakutsi dizu?

—Bai, eta berehala gorde ere bai. Udaltzaingoarena zela iruditu zait.

Erne jarri naute hitz horiek.

—Baztangak zigortutako aurpegia zeukan morroiak?

—Bai, zelan jakin duzu?

Kamal gure aldamenean eskariaren zain dagoela ohartu naiz. *Thali* bana jatea proposatu diot Kristinari, plater konbinatu antzekoa, eta ondo iruditu zaio. Zerbitzaria urrundu egin da.

—Ezagutzen duzu tipoa, ezta? –itaundu dit ilegorriak.

—Zoritxarrez, bai. Berak kendu dit zure lepokoa komisarian. Orain nire zalantza da ea zer demontretan ari ote zen Adelekin. Honen aktibismoa izango da arazoa? Ala bitxi-trafikoarekin edukiko du zerikusia? Ni zipriztinduko ote nau?

—Ez dakit zer esan, Toure. Edonola ere, kontu honek ez dauka batere itxura onik, hobe duzu tentuz ibiltzea.

—Hori oso argi dago. Zelan amaitu da ospitalekoa?

—Eztabaida zakar batekin. Azkenean gelatik bota nau udaltzainak eta obeditu beste irtenbiderik ez dut izan. Dena dela, irtetean, erizainari abisatu diot barruan gertatzen ari zenaz eta berehala alde egin dut handik. Ideiarik ez, zer jazo den gero.

Hausnarrean geratu gara biok, kezkaturik, eta gure jarrera ez da gehiegi aldatu afarian zehar. Platertxoak pixkanaka husten joan gara: arroza, dilistak, barazkiak, jogurta... Azkenean ondorio argi bakarra atera dugu, Madrilgo nire egonaldi ezin lasaiagoa konplikatzen hasi zaidala. Saihetsezina da hori nire bizitzan, edonon nagoela ere ezin bakean bizi tarte luzeegian. Ez dago modurik, behin eta berriz saiatu arren, nire patu beltzaren mamuari iskin egiteko.

Afaltzen amaitu dugunean Kamalek niri luzatu dit kontua, baina Sa Kenek hartu eta billete potolo bat eman dio.

—Zorionekoa zu! –esan dit mutilak–. Emakume ederra duzu, eta gainera diruduna.

Kutxara joan da eta bueltekin itzulitakoan Sa Keneri besarkada bat eman dio. Horixe du ohitura bezeroak agurtzerakoan, batez ere emakumezkoak direnean.

—Nik ere zu bezalako neska espainiarra nahi nuke –erantsi du–. Bangladeshen ez dago zu lakorik. Ez daukazu adiskideren bat niretzat?

Kristinak barre egin eta agian egunen baten norbait aurkeztuko diola esan du. Nik, bitartean, Madou egoten den jarleku hutsari erreparatu eta galdera bat egin diot zerbitzari gazteari:

—Aizu, Kamal, ezagutzen duzu hor jesarrita egoten den afrikarra, ezta?

—Gamelua? Jakina! Horrelako jendea ez da ona, ospe txarra ipintzen digu gainerako etorkinoi.

—Berarekin egoten diren bi kolegak ere ezagutzen dituzu.

—Zoritxarrez, bai, beti zalapartaka ari dira eta, ez dakite heziketa ona zer den. Sarritan mehatxatu behar izan ditugu poliziari deitzearekin musikaren bolumena jaitsi dezaten.

—Gaur ikusi dituzu?

—Bai, eguerdi partean. «Badatoz astun hauek!», pentsatu dut, baina ez dira luzaro geratu, ez dute ezta musika jarri ere. Madou delako horrekin egon dira berbetan pixka baten, oso serio, eta berehala alde egin dute. Deigarria iruditu zait.

Ustekabean harrapatu nau erantzunak.

—Aspaldi honetan gauak non pasatzen dituzten badakizu?

—Nik uste dut ez daukatela leku finkorik. Ni bizi naizen lekutik hurbil, Korralen Plazan, ikusi ditut inoiz, baina etxebakoen gustuko leku asko daude Lavapiésen, badakizu.

Eskerrak eman dizkiot zerbitzariari, eta berak beste bi besarkadarekin erantzun digu. Sa Keneri emandakoa estuagoa eta luzeagoa izan da, eta egindako promesa ez ahazteko eskatu dio.

—Jatorra mutila, ezta? –galdetu dit ilegorriak, apur bat urrundutakoan.

—Gixajo bat da, azken baten. Ez dakit zelan egon daitekeen horren pozik beti.

—Zergatik diozu?

—Bere lan baldintzengatik. Lau orduko kontratua egin dio nagusiak eta ia jatetxean bizi da, ez dauka bizitzarik hemendik kanpo eta, hala ere, ez dut inoiz ikusi triste edo nagikerian. Ulertzekoa da neska zuri bat topatzeko irrika hori; halako besarkadak emanda, agian, errazago lortuko duela uste du.

—Ezaguna egiten zait istorio hori. Zergatik izango da?

—Bilboko Afrika Txikian bizi zarelako, eta han ere makina bat Kemal daudelako.

Oinek aldapan behera eraman gaituzte eta, bat-batean, oihu batzuek erakarri dute gure arreta.

—Nazkatuta nago, erabat nazkatuta, bizimodu honetaz!

Bigarrcn solairu bateko balkoitik datoz oihuak. Sa Kene asaldatu egin da, ni ez horrenbeste.

—Lasai, ez da lehenengo aldia –esan diot.

—Ezagutzen duzu, ala?

—Denok ezagutzen dugu auzoan, burutik ondo ez dagoen gixajo bat da, lantzean behin atakea izan eta numeroa muntatzen duena.

—Beste antzekotasun bat San Frantziskorekin.

—Neure burua bota behar dut!!! –oihukatu du morroi gazteak, are ozenago, eta liburu batzuk jaurti ditu airera.

—Hortik jausiz gero ez zara hilko, hobe duzu teilatura igotzea! –erantzun dio beheko taberna madrildarreko zerbitzari batek, bandeja eskuan. Bezero batzuk izu aurpegiz daude; beste batzuk, irribarrez.

—Txakurra ere botako dut! –Besoetan jaso du bere maskota txikia.

—Bai, mesedez, horrela koñazoa emateari utziko dio!

Pausoa bizkortu dut.

—Berehala polizia eta suhiltzaileak agertuko dira eta nahiago dut hemen inguruan ez luzatzea –esan diot ilegorriari.

—Etxera itzuliko gara?

—Ez. Ondo baderitzozu, osteratxo bat egingo dugu etxegabeen gogoko bazterretatik.

10

Lavapiésko plazara ailegatu eta izen bereko kaletik gora jo dugu. Ez dut uste munduan beste inon egongo denik hemengo jatetxe indiar dentsitatea, halako hamaika baitaude berrogei metroan pilaturik. Edonola ere, denak beterik egoten dira, eta gaur ere, berandu izan arren, oraindik bezero askotxo dauzkate terrazetan.

Jatetxeen eremua atzean utzi eta Ministriles plazara heldu gara, etxebakoek lotarako aukeratzen duten leku klasikoetako batera. Lehenengoan asmatzea gehiegi eskatzea izango zen, baina inola ere espero ez nuena zera zen, plaza txikiko jarleku eta umeentzako jolastokien artean loti bakar bat ere ez topatzea.

Gure bilaketarekin jarraituz, Amparo kalea gurutzatu eta luze barik iritsi gara Mandela plaza zabalera. Nahiz eta berriztatuta egon, batere xarmarik gabeko tokia da, dena da grisa, harria, porlana. Belardi ñimiñorik ere ez dago inguruan eta ukitu berde bakarra arbola ziztrin batzuena da. Hormetako graffiti koloretsuak dira tokiari distira apur bat ematen dioten bakarrak. Horietariko gehienak «La Quimera» izendatu duten eraikinean daude. Lau solairu dauzka eta okupazio antolatuaren gotorleku bilakatu da.

Mandelan ere ustekabea suertatu zaigu: plazan bertan arlote bat ere ez dugu ikusi. Eraikin okupatuaren barruan ziur hainbat daudela, baina afrikar etxegabeak ez dira normalean hor sartzen. Izan ere, hauek nekez identifikatuko dira inongo mugimendu antolaturekin, hauek ez dute manifa edo aldarrikapenik egingo etxea izateko eskubideari buruz. Hauek beti konformatuko dira, bestelako konplikaziorik gabe, euren burua lurrera botatzeko bazter erdi dexente batekin.

Arrakasta ikusita, Meson de Paredes kalera irten eta hurrengo mila izarreko ostaturantz abiatu gara.

Lavapiésko eremu afrikarrenean gaude, egunez eta gauez azal beltzeko jendea nagusi den eremuan. Beharbada horregatik ibiltzen dira hainbeste polizia-patruila hemen inguruan, agian horregatik hurbiltzen ari zaigu oraintxe polizia nazionalaren auto bat, juxtu manteroen sindikatuaren aurretik igarotzen garen momentuan. Sa Kenek nire artegatasuna barruntatu eta eskutik heldu dit. Paseoan bezala jarraitu dugu oinez, bera irribarrez, ni aurpegiko tentsioa gehiegi igarri ez dakidan ahaleginez. Autoa oso astiro pasatu da gure albotik, ia gelditu da, baina ez, segundo amaigabe batzuen ondoren aurrera jarraitu du eta, Tribulete kalean ezkerretara jota, desagertu egin da. Hasperen egin dut eta nire lagunak eskua laztandu dit.

Sustoaren ondoren helmugara ailegatu gara, Korralen plazara.

—Tokiaren izena kontuan hartuta –esan du Kristinak, plaza mugatzen duen eraikin bitxira so–, imajinatzen dut horiek denak korralak direla.

—Bai, Lavapiésko txukunenak. Monumentu historikoa edo horrelako zerbait izendatu dituztela uste dut.

Madrilgo eraikuntza mota petoena izanagatik, bost solairuko eraikinaren azpiko horman margotu dituzten muralek, tartean elefante handi batek, kutsu afrikarra ematen diote tokiari. Eta jatorri horretakoa izaten da bazterretako kartoietan, koltxoietan nahiz lurrean botata egoten diren etxebakoak. Gaur, ordea, zuriak dira aurkitu ditugun apurrak.

Kalearen beste aldean dagoen plazan ere probatu dugu, pakistandarren meskitaren alboko txokoan. Burdin hesi eskerga bat jarri dute etxegabeak atarien arkupean sar ez daitezen; hala ere, horren kontra egoten dira pilatuta hainbat lagun. Edonola, gaur hemen ere kale egin dugu: beltz bat ere ez dago loti urrien artean. Zer ondorio atera ez dakidala geratu naiz, non demontre sartu ote dira Lavapiésko arlote afrikar ugariak?

Momentu horretan ahots bat entzun dut:

—Zeozer behar duzue?

Aspaldi itxitako osasun zentrotik hurbil eserita dagoen afrikar bat da, lo barik bezero zain dagoena. Bistaz ezagutzen dut, honek ere bere eserleku publikoan dauka ia hogeita lau orduko bulegoa.

—Badakizu nor den Madou, Ave María kalean egoten dena? –galdetu diot.

—Bai, noski, baina ez duzue bera behar, ze nik jenero hobea daukat, eta prezio berezian, gainera. Zer eskatzen dizue gorputzak?

—Ez da hori bilatzen duguna. Madouk bi kolega dauzka, bi etxegabe, gaua batzuetan hemen inguruan pasatzen dutenak. Badakizu nortzuk diren?

—Ideiarik ez.

Gurekiko interesa bat-batean pasatu zaiola dirudi. Sa Kenek, ordea, berehala erreakzionatu eta hogei euroko billetea atera du poltsikotik.

—Maria apur bat badaukazu guretzat?

—Jakina, Lavapiésko onena! –Berpiztu egin da gamelua, zutitu, berarengandik hiruzpalau metrora dagoen arbolara joan, lurrean pixka bat arakatu eta poltsatxo bat atera du guretzat.

Kristinak jeneroa jaso du, baina ez dio oraindik billetea luzatu.

—Madouren lagunak nortzuk izan litezkeen etorri zaizu burura?

—Zertarako behar dituzue?

—Galdera pare bat egiteko.

Begira geratu zaigu gamelua, ezbaian bezala.

—Zer arraio –esan du, azkenik–, jende-modu ona ematen duzue. Hortxe bertan, Tribulete kaletik eskuinera jota, berehala helduko zarete parke handi batera. Casinokoa esaten diote.

—Bai, badakit non den –esan dut nik–, baina gauetan itxi egiten dute, ezta?

—Bai, baina oso erraza da kolatzea. Aspaldi honetan afrikar gehienek hor pasatzen dute gaua, ze ihesbide mordoxka dago polizia agertuz gero, eta zakurrak oso aztoraturik dabiltza aspaldion, ilegalak atxilotzen eta. Zorte apur batekin hortxe topatuko dituzue bi tipo horiek.

Sa Kenek hogei euroak luzatu dizkio morroiari, eta alde egin dugu berak proposatutako norabidean. Eta hortik gutxira ikusi dugu ez digula gezurrik esan. Izan ere, iparraldeko hesi txikia saltatu ondoren, loti afrikarrak parke zabaleko hainbat bazterretan ageri direla ohartu gara: eraikin txiki batzuen teilatuko hegalpean, dantza-pista dirudien egurrezko gune biribil baten gainean, ping-pong mahaien azpian, jarlekuetan, arbola artean… Gure bilaketak ez du fruiturik eman hasieran. Ezezagunak molestatu besterik ez dugu egin, batzuk haserretu eta madarikazioka hasi zaizkigu, eta amore eman beharko genuela pentsatu dut, baina halako baten, plazaren beheko puntan, txakurrentzat erreserbatutako eremuan, kanpin denda zahar bat jo dugu begiz. Norbaiten gorputz erdia, gerritik beherakoa, dendatik kanpo ageri da, eta ezagunak egin zaizkit praka eta zapata horiek. Harenganaino hurbildu eta belauna ukitu diot.

—Aizu!

Ez dut erantzunik jaso eta apur bat mugitu diot hanka.

—Aizu, esnatu.

Ez du zirkinik egin.

Kanpinaren kremailera goraino igo dudanean oka hatsak atzera eragin dit. Gero morroiaren aurpegia ikusi dut. Bilatzen ditugunetako bat da, eta beste kolega ere dendaren barrualdean dago. Astindu ditut haien gorputzak, baina alferrik izan da. Orduan kanpokoari musua ukitu diot eta sentsazioa oso desatsegina izan da, azala hotz-hotza baitauka. Bestearekin probatu dut eta emaitza berdina izan da. Pultsua hartzen saiatu eta pultsurik ez.

Dendatik kanpora irten naiz eta Sa Keneren aurpegi serioarekin egin dut topo.

—Hilda?

—Bai.

IGANDEA

11

Igandeetan madrildar askok txurroak gosaltzeko ohitura dute, eta esnatu naizenean horien usaina hartu uste izan dut. Amets gozo baten amaiera zela pentsatu dut, baina ez, bizkortu eta ohetik jaikitakoan errealitate hutsa zela jabetu naiz. Izan ere, Sa Kene ni baino lehenago esnatu eta gosari bikaina atontzeko ardura hartu du: txurroak, porrak eta txokolatea.

—Enteratu ere ez naiz egin jaiki zarenean. Nekatuta egon behar nuen.

—Ez da harritzekoa, atzoko tentsioaren ondoren.

Ekin diogu gosariari, mahaiaren bueltan eserita.

—Txurroak-eta erostera joan zarenean fijatu zara ea Madou bere eserlekuan zegoen?

—Ez, ez dut ikusi. Igandea izanda, beharbada jai hartu duela otu zait.

—Ahaztu. Morroia hortxe egoten da asteko zazpi egunetan, goizetik gauera arte.

Isilik geratu gara biok tarte batez. Gosaria oso goxoa izan arren, ezin dut merezi bezala dastatu, gogoeta-zurrunbiloak eragozten dit eta.

—Zer darabilzu buruan? –itaundu dit Sa Kenek.

—Madouk atzo gezurra esan zigula bere kolegen bisitari buruz. Gainera, berarekin egon eta gero, larri alde egin omen zuten, eta gauean hilda agertu ziren. Kasualitate gehiegi, ezta?

—Pentsa liteke bazekitela zerbait zure bitxiei buruz eta zurekin topatzea saihestu nahi zutela.

—Ziur nago horrela dela, eta Madouk abisatuta egin zuten ospa. Lepoa jokatuko nuke berau ere nahastuta dagoela lapurretan, baina orain desagertu egin da.

—Itxaron pixka baten, beharbada geroxeago etorriko da.

—Ez da etorriko. Eta gehiago esango dizut, konbentzituta nago zerikusi zuzena daukala bere kolegen heriotzarekin. Pentsa ezazu: gorpuek ez zeukaten ageriko zauririk eta botaka egin zuten hil aurretik. Logikoena da zeuk ezan zenuena ondorioztatzea, pozoituta edo gaindosiren baten ondorioz hil zirela, eta Madouk badauzka hori lortzeko baliabideak.

—Ez dakit ba. Zergatik akabatu behar zituen bere kolegak?

—Hitz egin ez zezaten?

Ez dirudi ilegorria lar konbentzituta dagoenik.

—Madou ez da etxegabea, ezta? –galdetu du.

—Ez, baina ia. Trapitxeoan irabazten duenarekin honelako etxebizitza eroso bat aloka lezake, baina soto partekatu horietariko baten pasatzen ei ditu gauak.

—Badakizu non?

—Esan zidanez, Embajadores aldean, Cascorro plazaren inguruan.

—Hori ez dago hemendik urrun, ezta?

—Ez.

—Nahi duzu bila joatea?

—Horrexetan ari nintzen pentsatzen. Kriston gogoa daukat berarekin solasaldi oso serioa izateko.

Altxatzeko keinua egin dut, baina Sa Kenek besotik heldu dit.

—Lasai, Toure. Horrela utzi behar dugu gosaria? –Katiluak oraindik ia beterik daudela ohartu naiz–. Minutu batzuk, sikeran, eman ditzakegu hau patxadaz dastatzen, ezta?

—Noski, barkatu.

Txurro bat hartu eta puntarekin txokolateari eragin diot, eragin eta eragin, eta eratu den zurrunbilo txikian murgildu dira berriro nire gogoetak.

12

Kalera irten garenean, igande goizetan Lavapiésen ohikoa den kalejirarekin egin dugu topo: Ibrahima Fall maisuaren jarraitzaileak, haietako asko sinestun bezain haxixzale, djenbeak astintzen apurtu beharrean, kantuan barik zalapartaka, oinezko kikilduei eskupekoak exijitzen jokaera oldarkorraz. Guk haien kontrako bidea hartu eta, Ave Maríako aldapa goraino igota, Magdalena kalera irten gara. Ostatu merke mordoxka atzean utzita, arlote eta alkoholiko autoktonoen gogoko Tirso de Molina plazara ailegatu gara. Orain, ordea, espazioa beste kolektibo berriago batzuekin partekatu behar dute. Izan ere, toki hau kamerundarren biltoki ere bihurtu da, hortxe dago multzo bat berriketan, eraikuntzako lanaz, Avilako marrubi-negutegiez, txokolatearen prezioaz... Eta magrebtar itsasgarrizaleak ere plaza honetako bazterretan ibiltzen dira aspaldion. Hain zuzen ere horietariko bat, burmuina piku pasa bat bezala daukan biseradun gazte bat, gugana hurbildu da, Sa Kenegana, zehatzago esateko. Kolaz, disolbagarriz edo batek daki zerez bustitako zapi zikina askatu barik, ilegorriari berba ustez atsegin batzuk bota eta besarkatzen saiatu da, baina nire lagunak atoan erreakzionatu du:

—Geldi hor! –Besoa luzatu du gerturatzen ez uzteko–. Ez dut karterarik ekarri, eta nire sakelakoa kaka bat da.

Mutilak amore eman eta beste biktima inozoago baten bila joan da.

—San Frantziskon bezalaxe –esan dut.

—Berdin-berdin.

Adi jarraitu du gertatutakoa gugandik metro gutxira dagoen pijo kokospekodun batek. Terrazetako baten jesarrita dago, gin-tonika eskuan. Eta gertuko mahai baten beste morroi bat dago, antzeko itxurakoa, berdin-berdinak diren bost txakur txintxoz inguratuta. Hau ere gustura ikusten da, esku bat konbinatuari heltzeko eta bestea animalien buruak eten barik laztantzeko. Ez dirudi batere kezkatuta daudenik inguratzen dituen dekadentzia giroagatik. Izan ere, horrelakoa da plaza hau, kontrastez eta pertsonaia bitxiz betetako lekua.

—Oparitxo bat zure neskalagunarentzat? –aditu dut lore-saltzaile ugarietako baten ahotik?

—Beste egunen baten agian.

Aurrera jarraitu dugu terrazetako mahai-aulkiei iskin eginez, eta Duque de Alba kalean sartu garenean Sa Kenek liburu-denda baten kartela seinalatu dit: «Traficantes de Sueños» dio, «La Universal» dioen beste kartel zaharrago baten azpian.

—Leku honetaz hitz egin zidan Manuelek, ospitale aurrean lagundu zigun gizonak, gogoratzen zara hartaz?

—Bai, noski, gure dortoka irristalaria jaso zuen aguretxoa. Oraindik gordetzen dut bere txartela.

—Ederto. Esan zidanez, bere elkartearen lokal nagusia El Pilar auzoan dago, baina hona ere sarri etortzen dira, beste elkarte alternatibo batzuekin bilerak egitera. Erraz daukazu egunen baten hemendik pasatzea, ea paperen kontuarekin lagundu ahal dizun.

—Eskertzen dizut insistentzia, baina Manuel delako hori magoa ez bada…

—Ni saiatuko nintzateke.

—Beharbada egunen baten kasu egingo dizut, baina orain beste lehentasun bat daukat, nire bitxiak berreskuratzea, bestela jai.

Zera esan diot neure buruari, errealista izanda aukera berdintsuak dauzkadala neure egoera legalizatzeko zein ditxosozko bitxiak berriz ikusteko. Hala ere, esperantzari eutsi nahi diot, argi baitago altxorra berreskuratu ezik pikutara joango dela nire azken boladako ongizatea eta miseria gorrian murgilduko naizela berriz. Eta denbora igaro ahala nire aukera apurrak deuseztatzen doaz.

—Zelako giroa dagoen, ezta? –galdetu du ilegorriak, aurrera jo ahala kalea gero eta jendetsuago dagoela ikusita.

—Azoka dago gaur, ez nintzen gogoratzen. Igande goizero milaka pertsona elkartzen dira alderdi honetan eta ez dakit egunik aproposena ote den Madouren bizilekua aurkitzeko.

—Nahiago duzu arratsaldera arte itxaron?

—Ezta pentsatu ere. Gainera, zu gauean bazoaz, ezta?

Zalantzan egon da Sa Kene.

—Txartela gauerako daukat, bai, eta agian hobe horrela, ze zorte txarra baino ez dizut ekarri.

—Ez esan lelokeriarik.

—Pentsa ezazu zelakoak gertatu zaizkizun etorri naizenetik.

—Ixo!

Musikari batzuen hotsak ailegatu dira gure belarrietara, Duque de Alba kalearen amaierako plazatxo baten kokaturik daude, zuhaitz erraldoi batzuen itzala aprobetxatuz. Tangoak jotzen ari dira. Nik ez dut inoiz lar gogoko izan horrelako musika, baina kantari sentiberak ahoskatzen dituen hitzak bat datoz orain dauzkadan sentimenduekin: tristura, sufrimendua, garraztasuna... Eta badirudi jendearen artean oso arrakastatsua dela, lagun asko baitaude adi entzuten edo dantzan, eta musikarien propina-ontzia txanponez eta billetez gainezka baitago.

Pixka baten entzuten egon ondoren Sa Kenek igarri dio nire ondoezari.

—Nahiago duzu aurrera jarraitzea, ezta?

—Bai, mesedez.

Cascorro plazara iritsi garenean geure burua jende uholde izugarri baten erdian ikusi dugu. Postuak, saltzaileak eta oinezkoak erabat pilaturik daude karteristentzako paradisu honetan, eta ezin izan dut Parisko gomuta saihestu, Yareliz gaixoarekin partekatutako lapur-ogibidea, gizarte-mailaz igoarazi gintuena; han izandako esperientzia gazi-gozoak, hango luxuak eta porrotak...

Mingosten hasi zaizkidan oroitzapenak uxatu eta, Sa Keneri eskutik oraturik, neure gorputza erabili dut ariete gisa bidea irekitzeko plaza erdiko soldaduaren estatuaraino. Inoiz ez diodala arretarik eskaini konturatu naiz.

—Zer darama besapean, gasolina-lata bat? –itaundu dut.

—Bai, eta bestean zuzia.

—Ba niri azenario handi bat iruditzen zait.

—Ez esan ozenegi, beharbada baten bat haserretuko zaizu, ze heroi nazionaltzat daukate soldadu hau.

—Zer egin zuen, ba?

—Kubatar asko akabatu hango gerran, eta horretan ari zela, bera hil.

—Eta horregatik egin zioten estatua hau? Popatik hartzera joan daitezela honelako heroi guztiak.

Atake antikolonialistaren ondoren, Cascorro aldera zertara etorri garen birgogoratu behar izan dut, eta estrategia onena banatzea dela iruditu zaigu. Nor bere aldetik saiatuko da, Sa Kene plazatik eskuin aldera dauden bazter eta kaleetatik eta ni ezkerraldetik. Norbaitek ezer aurkituz gero, berehala deituko dio besteari, eta osterantzean, ordubete barru, estatuaren ondoan elkartuko gara berriz.

Bakarrik geratu naizenean, ingurura so egin eta galdeketa norekin hasi nezakeen pentsatu dut. Azokan dauden saltzaile afrikar urrietako bat jo dut begiz eta harengana hurreratu naiz.

Lehenengo ahalegina ez da arrakastatsua izan, ezta bigarrena edo hirugarrena ere, ezta hamaikagarrena ere. Gehienbat afrikarrekin, saltzaileak zein bestelakoak, eta tabernari nahiz dendariekin probatu dut. Azken hauek jaramonik ere ez didate egin, eta afrikarrengandik ere, jarrera hobea topatu arren, ez dut inolako informazio probetxugarririk atera. Embajadores kaletik sartu naiz postuak amaitzen diren punturaino, eta hortik behera ere jarraitu dut itaunka, harrizko eliza handi baten aurrera iritsi naizen arte. Irekita dago, kupula ikusgarri bat erakutsiz, bertoko apaizari edo galdetu beharko ote niokeen zalantzan geratu naiz, eta une horretan zerbait aditu dut:

—Otoitz egitera etorri zara?

Ezaguna egin zait ahotsa eta jiratu naizenean nire susmoa baieztatu egin da: baztangadun aurpegiko zakurra da, kaleko arropaz jantzita.

—Eta zu zertan zaude hemen? Nire lepokoa saltzera etorri zara?

—Hemen kinkaila baino ez daukate, lagun. Zure lepokoa beste maila baten dago, eta negozio bikaina egin dut berarekin.

—Niri hori muturretatik pasatzera etorri zara?

—Ez. Kontua da zure maskotak beste ustekabe sinesgaitz bat eman didala. Zer ematen zenion jateko?

Ezustean harrapatu nau galderak.

—Dortoken jana. Zer emango nion, ba?

—Ez dakit nik. –Isilunea egin du, badirudi gozatzen ari dela momentuaz–. Animalia nire eskuetan geratu zenean, zu lako jendeaz fidatzen ez naizenez, eskanerretik pasatu nuen eta badakizu zer zeukan tripan? Bada belarritako itxurako zerbait. Zuk azaldu ahal didazu zelan amaitu zuen han?

Zakurrak igarri du, nire nahasmen aurpegia ikusita, ideiarik ez daukadala zertaz ari den.

—Ezin izan nion jakin-minari eutsi eta, dortokak kaka egin arte itxaron beharrean, nik neuk egin nion ebakuntza. –Beste pausa bat–. Eta badakizu zer atera nuen? Bada perlazko belarritako eder bat. Horri ere etekin ederra atera nion eta pentsatzen jarri nintzen: «gixajo itxurako belzkote honek hain balio handiko pieza bi baldin bazeuzkan, agian beste batzuk ere gordeta dauzka». Eta ezetz asmatu nork argitu zidan zalantza!

Ez da zaila erantzuna. Beste garai bateko Toure agian kikilduko zen egoera honetan; baina oraingoa, ez. Orain nazka baino ez dit sentiarazten zakur zikin honek, higuindurik nago hainbeste sufriarazi didaten honen moduko xantaiagileekin, eta erasora pasatzea erabaki dut:

—Grabatuta dauzkat Adeli egin zenizkion mehatxu eta torturak.

Morroiaren aurpegi itsusiak zalantza islatu du, eta tinko begira geratu zait segundo batzuetan, jaso berritako informazioa prozesatuz legez.

—Ilegorri lotsagabea zure laguna da?

—Ez dakit nortaz ari zaren. Adelen alboko ohean beste gizon bat zegoen bisitan joan zinenean. Lotan zegoela pentsatu zenuen, baina esna zegoen, zuen elkarrizketa entzuten eta grabatzen.

Ez naiz batere ona pokerrean, eta apustu-kontuetan ere ez naiz normalean irabazle suertatzen, baina zakurra nahastea, behintzat, lortu dut, eta hasierako harrotasuna berreskuratzen saiatu denean, bere ahotsak ez du horren konbentzigarri jo:

—Zure lagun mairuak esan zidanez, luxuzko harribitxi mordoa daukazu. Niri bost axola nondik atera dituzun, nahi dudana nirekin partekatzea da. Gaur gauerdian Lavapiésko plazan elkartuko gara eta seina lepoko, eraztun eta belarritako pare ekarriko dizkidazu, kalitate onenekoak, ulertu duzu?

—Zu flipatuta zaude?

—Flipatu aurpegia daukat?

—Ez naiz joango.

—Joango zara. Badakit non bizi zaren, eta korrala eder hori galdu eta bizikleta-gelaxka bateko ohe beroa konpartitzen amaitu nahi ez baduzu, hobe duzu obeditzea.

—Mehatxua ez zen, ba, CIE batera bidaltzea?

—Grazia daukazula uste duzu?

Bere onetik ateratzea lortu dut, igartzen zaio ez dagoela ohituta inoren adar-jotzeak aguantatzen, are gutxiago etorkin gixajo batenak.

—Gauerdian! –errepikatu, bizkarra eman eta alde egitekoa egin du, baina geldiarazi egin dut:

—Itxaron!

Begira geratu zait eta beste apustu bat egitea erabaki dut.

—Ezagutzen duzu Madou, Lavapiésko Ave María kalean egoten den gamelua?

—Lavapiésko gamelu guztiak dauzkagu kontrolatuta.

—Badakizu non bizi den?

—Zer ba?

—Helbidea ematen badidazu, agian hitzordura joango naiz.

Berriz geratu da zalantzan bezala.

—Egon adi telefonoari –esan du azkenik, eta desagertu egin da elizaren osteko kaletik.

Berriz etorri zait gogora, bat-batean, gosaldu dudan txokolatearen irudia, haren iluntasuna, haren loditasuna. Neure burua horren baitan melaturik irudikatu dut, katilu erraldoi baten barruan, baina ez da txokolate gozoa, lokatz kirasduna baino, eta ezin dut oinekin katiluaren hondoa zapaldu… Madarikazio bat bota dut eta

Sa Kenerekin adostutako ordua igarota dagoela ohartu naiz.

Cascorroren estatuaren ondora heldu naizenerako hortxe egon da bera.

—Sentitzen dut, Toure –esan dit–, ez dut ezer lortu. Galdekatu dudan jendeak zakurtzat hartu nauela iruditu zait eta ez da modurik egon.

—Ez da harritzekoa. Hemen edonor izan liteke ezkutuko polizia, zu zeu, zein zuri lapurtzen saiatu den magrebtar esnifatzailea, zein terrazetan zeuden pijoak.

—Zutaz ez zuten, behintzat, susmo hori hartuko.

—Ez, ni pikutara bidali naute dendari eta tabernariek, kaleko saltzaileengandik ez dut ezer atera, eta, arrakasta biribiltzeko, elkarrizketa mamitsua izan dut munduko putakumerik handienarekin.

—Norekin?

—Adel torturatzen ikusi zenuen poliziarekin.

—Joder, eta zer nahi du orain?

—Nire altxorraren zati bat.

—Ez diozu esan ostu dizutela?

—Horretarako onartu beharko nuen halakorik baneukala. Eta, gainera, zuk uste duzu sinetsiko zidala?

Jende-uholde mugikorraren baitan jarraitzen dugu, askok igurtzi egiten gaituzte albotik igarotzean, beste batzuek topo egiten dute gurekin, bultza egiten digute, inork ez du barkamenik eskatzen… Itotzen ari naiz, espazioa behar dut.

—Trago bat hartuko dugu beste nonbait? –galdetu dit Sa Kenek.

—Bai, mesedez.

—Ondo iruditzen zaizu lore-saltzaileen plaza?

—Primeran iruditzen zait.

13

—Ziur ez duzula arazorik izango bihar lanera itzultzen ez bazara? –galdetu diot Sa Keneri, metroaren leihotik uzten ari garen geltokiaren izena ikusi nahi eta ezinean.

—Ez kezkatu, ugazaba ez da pertsona txarra eta ulertuko du.

—Eta… umea?

—Lasai, izeba Lolesekekin oso ondo moldatzen da.

Primeran sartu zaizkit edan berri ditugun garagardo pitxarrak. Larritasuna baretu didate, eta inguratzen gintuzten lore-sorten kolore eta usainak ere lagungarri suertatu dira nire kezkak erlatibizatzeko. Horrela, burua hotzago, ekintza plana egin dugu eta Adeli bisita egitea ezinbestekoa dela iruditu zaigu, batez ere telefonoa hartzen ez duela ikusirik.

—Beste tren-txartel bat erosi beharko duzu nire erruagatik.

—Hori gutxienekoa da, Toure. Bitxiak berreskuratuz gero, utziko dizut nire txartela ordaintzen.

—Txartela ez ezik lepokorik ederrena ere oparituko dizut.

—Eta, prezio berean, operarako sarrera batzuk ere bai, garestienak. Hiri honetako eliteaz inguratuta egonda, zer sentitzen den jakin nahi nuke. Zer deritzozu?

—Tira, zugatik edozer.

—Egia esan, zuk ezagutzen duzu jada opera mundua.

—Bai, baina ez butakakoa, figurante gaixoen artekoa baino.

Soberan daki Sa Kenek Bilboko opera denboraldian, bolada batez, eszena baterako beltz kankailuren bat behar zutenean niri deitzen zidatela.

—Ez duzu horren falta igartzen?

—Bai, kobratzen nuenaren falta, diru erraza zen eta.

Animoa hobetu dit Sa Kene nirekin beste egun pare batez egongo dela jakiteak. Mesedegarria izango zait alde guztietatik, ni baino zentzudunagoa eta azkarragoa da, eta hobeto eusten dio buru hotzari. Izan ere, gauzak dauden bezala, bakarrik geratuz gero edozein astakeria egin nezake Madouri nahiz beste edonori informazioa ateratzearren, edo zakur xantaiagileaz libratzearren. Behin ondo atera zitzaidan udaltzainaren antzeko kapar batez libratzea, Bilbon, baina bigarrenez onik eta salbu irtetea miraria izango litzateke.

Latino gitarradun bat sartu da gure bagoian. Nagusi samarra iruditu zait horrelako zereginetan ibiltzeko, baina kementsu ekin dio, nori eta Sa Keneri begira. Ezaguna egin zait letra: «*Toda una vida estaría contigo…*». Erikak aipatu zidan kantariaren izena gogoratzen saiatu naiz, baina ez dut lortu.

—Hurrengo geltokia da gurea –xuxurlatu dit Kristinak, eta metroa gelditutakoan, agure gitarradunari txanpon pare bat eman dio bere irribarre politenaz batera. Beste pertsona batek bakarrik egin dio kasu artistari: «hemengoei» lana kentzea leporatu dion eskale zuriak.

Ospitalearen sarrerara ailegatu garenean, ilegorriak espero zitekeen proposamena egin dit:

—Atzoko esperientziaren ondoren, hobe izango da ni bakarrik sartzea, ezta?

Marmarka izan arren, onartu behar izan dut arrazoi duela, atzoko erizain edo segurata petardoak berriz topatuz gero edozer gerta liteke eta. Beraz, Sa Kenerekin Adeli egin beharreko galderak errepasatu eta kalean geratu naiz, joan-etorrian dabilen jendeari begira.

Deigarria iruditu zait, metroan legez, honaino hurbiltzen diren pertsonetatik ere ehuneko handi bat etorkinak izatea, eta gehienak jatorri berekoak, Hego Amerikakoak. Horrenbeste latino daude jada Madrilen? Ala betiko madrildarrek osasun publikoari muzin egin eta gehiago jotzen dute zentro pribatuetara? Eta non daude gainerako atzerritarrak, asiarrak, afrikarrak...? Osasuntsuagoak izanik ez gara gaixotzen? Hori sinetsi nahi nuke, baina erantzuna guztiz bestelakoa da. Hegoamerikarrok ziur legalak direla eta osasun-txartela daukatela, bestela ez lirateke hain lasai etorriko toki honetara. Afrikarrok, ostera, papergabeak izaten gara eta oso-oso izorratuta egon behar dugu ospitale batera joaten arriskatzeko. Izan ere, segun eta zer funtzionariorekin egiten dugun topo, ezin gaituztela artatu esango digute, edo, bestela, agiria sinaraziko digute gastuak ordaintzeko prest gaudela adieraziz. Eta beti egongo da polizia abisatuko ote duten zalantza. Gogorra da, nekagarria, etsigarria, beti arduraz, beti beldurrez, beti gaizkile sentituz bizitzea, osasun zentroetara joaterakoan, zein administraziora, zein edozein metro sarreratako balizko kontrolen aurrean.

Nire hausnarketa ezkorrak ez dira, zorionez, gehiegi luzatu, Sa Kene laster itzuli baita kalera, ospitalearen barruan minutu gutxi, gutxiegi, eman ondoren.

—Arin amaitu duzu.

—Hasi ere ez naiz egin eta! Erizainak esan dit alta eman diotela Adeli.

—Ba niri iruditu zitzaidan nahiko txarto zegoela.

—Beharbada alde egiteko gogo handia zeukan. Berak presionatu du gehien, antza, etxera bidali dezaten. Edonola, kontua da hemen ez dagoela jada.

—Ez zaizu oso susmagarria iruditzen?

—Bai, nahiko.

—Probatuko dugu ea ile-apaindegian harrapatzen dugun?

—Ados.

Ez diot utzi Kristinari taxi bat gelditzen. Gehiegi abusatzen ari naiz bere eskuzabaltasunaz eta metro geltokira joateko konbentzitu dut.

—Beste gauza bat –esan dit–. Alboko oheko agurea sumindurik topatu dut. Esan didanez, «alboko mairuak», alde egin aurretik, sakelako telefonoa ostu dio, lo zegoela aprobetxatuz.

—Zer arraroa!

—Horixe pentsatu dut nik ere.

Vallecasko Zubiko geltokiraino joan gara metroan eta hortik Igeldo kalerantz jo dugu zuzen. Bidean, Gorbea kaleko bulebarraren hasieran, amesgaizto bilakatzen ari zaidan hirukote predikaria topatu dut, nor bere rolean guztiz sartuta.

—Ez grabatu! –bota diot beltzez jantzitako andreari, telefonoaz apuntatzeko tentazioa izanean ere. Maskararik ez dudala jabetu naiz, gainera.

—Bakean jarri zarete jada Jaungoikoarekin? –galdetu digu bibotedunak.

—Zertarako? Nik, behintzat, infernuan amaituko dut, zu akabatzeagatik.

Adelen lokalaren aurrera iritsi gara, azkenik, eta saharar bandera ikusi dugu kristalezko atearen barrualdean itsatsita. Ailegatzen ikusi gaituenean, irribarre saio bat eginez ireki digu atea.

—Badaukazu lana hau dena txukuntzen –esan diot, inguruko hondamendiari behako bat emanda.

Sahararrak ez du erantzun, Sa Keneri begira dago.

—Lagunak zarete? –galdetu digu.

—Aspalditik –argitu dio ilegorriak–. Sentitzen dut atzokoa. Ezin izan nuen polizia kabroi haren zeregina gelditu, baina gelatik bota ninduenean, berehala abisatu nituen kanpokoak zertan ari zen tipoa.

—Eta horrexegatik libratu nintzen oinazea luzatzeaz. Mila esker, benetan.

—Zakurra itzultzearen beldurrez alde egin duzu ospitaletik? –galdetu dut–. Ala beste arrazoiren bategatik?

—Zakurragatik, gehienbat, ze gelatik bota zutenean, «oraindik ez dugu amaitu» esan zidan. Eta zakur espainiarra ez bada, zakur marokoarrak ere etor zitezkeen. Kalean seguruago egongo naizela iruditu zait, eta gainera, berriz ipini behar dut martxan makineria, ze gure kausak ezin du atsedenik hartu. Jai dute kikildu nautela pentsatzen badute.

Kikildu ez dakit, baina jasotako jipoiaren aztarnak nabarmenak dira haren aurpegian, eta horrez gain, hanka bat erdi arrastaka darama eta beso bat gorputzari itsatsirik dauka.

—Zer gertatzen zaio zure telefonoari? –itaundu diot.

—Kendu egin zidaten marokoarrek. Beste bat lortu behar dut lehenbailehen.

—Ospitaleko gelakidearena ez duzu zuk eraman?

—Agure petralarena? Zer dela eta burutazio txoro hori?

Sa Keneri begiratu eta haren konplizitatezko keinua jaso dut, eta ondorio logikoenak ez nau batere lasaitu: zakurra ospitalera itzuli eta berak hartuko zuen agurearen telefonoa, eta honezkero ikusiko zuen nik aipatutako grabazioa ez dela existitzen. Ez dit gehiegi iraun xantaiagileari xantaia egiteko asmatutako trikimailuak.

Adeli so geratu naiz, tinko.

—Zer kontatu zenion udaltzainari nire bizitzaz? Esan egia, egia osoa.

—Ni ez naiz inoiz gezurretan ibili zurekin, Toure. Zakurrak gure arteko tratuei buruz galdetu zidan, uste dut zeozer bazekiela. Nik inolako informaziorik ez emateko ahaleginak egin nituen, baina torturatu egin ninduen, ez dakit inoiz izan duzun horrelako esperientziarik, baina...

—Harira, Adel! –moztu dut–. Zer kontatu zenion?

—Altxor bat edo daukazula nonbait ezkutatuta –Kopeta jaitsi du–, eta noizean behin tratuak egiten ditugula zure harribitxiekin. Sentitzen dut, oso minberaturik nengoen, atzamar puntaz edonon ukituta izarrak ikusten nituen eta edozer esango nion, oinazeari amaiera ematearren.

Hirurok isilik geratu gara tarte batez. Sa Keneri so egin diot berriz, eta gero beste itaun bat bota diot Adeli, are serioago:

—Zelan esaten da «baboa» hasaniaz?

—Zer?

—Galdera argia da. Zeure hizkuntza da hasania, sahararren hizkuntza, ezta?

—Bai.

—Ba erantzun. Zelan esaten da «baboa»?

—Zer galdera klase da hori, Toure? Ez zait batere gustatzen nola hitz egiten didazun.

—Dortoka-harrapaketan ibili zara Retiron?

—Zuek ere dortokaren istorioarekin? Zer demonio gertatzen ari da?

Sa Kenek besotik oratu dit eta orain isilik egotea dagokidala ohartu naiz. Sinesgarria dirudi sahararraren erreakzioak, eta zera bururatu zait, berak lapurtu balu altxorra ez zela ile-apaindegira hain lasai itzuliko, ez zuela hor lanean jarraitzeko planik egingo, ez gintuela hain ondo artatuko…

—Lasai, Adel, oso urduri gaude denok –esan du ilegorriak–. Zalantza bat: zergatik esan duzu «zuek ere»?

—Zakurrak ere dortoka bati buruz galdetu zidalako, eta oskolean idatzitako ez dakit zertaz. Horretaz ari zen juxtu zu sartu zinenean gelan. Zer kontu arraio da hori?

Ilegorriak eta biok konplizitate keinua trukatu dugu. Adel errugabea dela begitandu zait, eta badirudi nire lagunak ere antzeko irudipena daukala.

—Esan, mesedez –Berriro saharararrak–, zer mobida da dortokarena?

Nire telefonoaren hotsak eten du isilaldia. Pantailatxoa begiratu eta dei anonimoa dela ikusita, kalera irtetea erabaki dut.

14

—Oraindik jakin nahi duzu zein den gameluaren bizilekua? –galdetu dit ahots ezagunak.

—Noski, telefonoari adi nengoen, zuk eskatu bezala.

Haren arnasa aditu dut hurrengo segundoetan. Noiz arte itxaron behar du gezurrezko grabazioaz hitz egiteko?

—Atzo solasean egon ginen lekutik hurbil dago, Curtidores kalearen goiko alderdian. Badakizu non den?

—Bai. –Sa Kene ibili zen alderdi hori miatzen.

—Komun publiko batzuk daude, eta alboan espiritista flipatu horietariko baten lokala, bandera budistaz eta antzeko pijadaz apaindua. Aldamenean egurrezko atari bat dago, soto batera jaisteko aukera ematen duena.

Makina bat kongitok partekatzen dute zulo hori, tartean zure lagunak.

—Madou ez da nire laguna. Dena den, ziur zaude hor topatuko dudala?

—Hori ez da nire arazoa. Nik esan dizut zein den haren bizitokia, eta horrekin bete dut tratuaren nire partea. Orain zeuri dagokizu zurea betetzea.

Arnasa higuingarri hori berriro, ia hartu dezaket haren hatsa.

—Gaiez aldatuz –erantsi du, azkenik–, ez nago oso pozik zurekin

—Zer ba?

—Goizean, azokan, gezurra esan didazulako.

—Zer gezur?

—Ilegorri mardula ez dela zure laguna.

—Zer ilegorri?

Barre egin du.

—Oso azkarra zarela uste duzu, baina astakirten hutsa zara.

Burutik pasatu zait egia aitortzea, Sa Kene nire adiskidea dela esatea, eta lekuko izan zela atzo Adeli egindako torturena, eta salatuko dugula… Baina ez, ezin dut Kristina gehiago inplikatu, ez dut arriskuan ipini nahi geratzen zaidan adiskiderik onena. Oraindik ez dakit zer puntutaraino izan litekeen arriskutsua polizia hau, baina pertsona maite gehiegi galdu ditut aspaldi honetan nire baldarkeriagatik.

—Gauza bat baino ez diozu esan behar urdanga horri –erantsi du–, ez saiatzeko ni izorratzen. Bestela, neuk izorratuko zaituztet ondo, bera, zu eta zuen familia guztia.

Isilik geratzea hobetsi dut, eta gauerdiko hitzordua gogorarazi didanean zalantza sortu zait. Esango diot altxorra lapurtu didatela? Dortoka nire eskuetara zelan heldu zen argitzen badiot, beharbada sinetsiko dit. Edo ez, batek daki. Agian hobe da lehenengo eta behin ahalegina egitea Madou topatzeko, ze honezkero ziur nago zerikusia daukala lapurretarekin. Bitxiak berreskuratuz gero, poliziari eskatu didana emango nioke, ez litzateke arazo handia izango, ze oraindik pieza asko daude altxorrean. Susmatzen dut ez litzatekeela horrekin konformatuko, baina denbora irabaziko nuke. Denbora Madrildik ihes egiteko. Horixe da nire zoria, leku berri batera ailegatzen naiz, behingoz gauzak ondo aterako zaizkidan esperantzaz, baina ez, beti sortzen zait arazo larriren bat, ospa egiten behartzen nauena. Horixe bilakatu da nire bizitza, bai, ihesaldi etengabea.

—Gauerdira arte –berretsi du zakurrak–. Eta estali, behingoz, tximino aurpegi hori, maskara jantzita askoz galantago zaude eta.

Deia moztu du eta atoan konturatu naiz kamera berrien eremuaren barruan nagoela. Ostia, zelan izan naiz horren inozoa?

Kamerari atzamarra erakutsi, amorrua irentsi eta ile-apaindegian sartu naiz berriro. Adelek tea prestatu du, berak eta Sa Kenek kikara bana daukate eskuan eta saharararrak beste bat luzatu dit niri.

—Bada ordua egia jakin dezazun –esan diot tratugileari, eta bizkarra aulkiaren atzealdean ezarri du, minik ez hartzeko tentuz–. Baneukan altxorra, bai, altxor bikaina, ondo erabiliz gero urte askotarako sostengua eman ahal zidana, baina ostu egin didate.

—Joder, sentitzen dut. –Esku ahurrak erakutsi dizkit eta min hartu du beso zaurituan keinu huts horregatik.

—Zuk inori hitz egin diozu gure tratuei buruz?

—Inori ere ez.

—Bitxiak erosten dizkizutenei ere ez?

—Ez ditut inoiz aipatzen nire hornitzaileak, arau sakratua da eta, hemengo abadeen aitormen-sekretua adinakoa.

Zurrut egin dio teari, zarata handia eginez, eta Sa Kene sartu da elkarrizketan, niri so:

—Beharbada norbaitek honaino jarraitu dizu egunen baten.

—Ez dut uste, beti kontuz ibili naiz eta.

—Retiroko urmaelean bezala?

—Kontu handiagoz, ze hona eguargiz etorri naiz beti. Dena dela, nork edo nork honaino segituta ere, kanpotik ezin da ikusi ile-apaindegiaren barrualdean egiten duguna.

—Kaleko kameretatik ere ez?

—Ezta ere –Adelek–. Dendostea haien eremutik kanpo gelditzen da.

Probatu dut menda-tea eta ezpainak erre zaizkit.

—Azalduko diogu, behingoz, Adeli urmaelaren eta dortokaren misterioa? –itaundu dit Sa Kenek.

—Bai, zergatik ez? Zuk zeuk.

Ilegorriak xehetasun guztiekin kontatu dio istorio xelebrea Adeli. Sahararra kriston aktorea izan daiteke nahi duenean, baina bere erreakzioak naturalak iruditu zaizkit, eta, zalantza izpirik geratzen bazitzaidan, azkenerako guztiz konbentzitu naiz berak ez daukala zerikusirik lapurretarekin. Eta udaltzainarekin izan ditudan elkarrizketen berri eman diodanean, nire irudipena sendotu egin da.

—Inor bururatzen zaizu, lapurreta egiteaz gain, dortokaren oskolekoa idatzi zezakeena? –galdetu diot.

Ezezko keinuak egin ditu buruaz.

—Bururatzen zaidan bakarra da norbaitek ni susmopean jarri nahi ninduela.

—Zure herrikideren batek?

—Edo hasaniaz zeozer dakien baten batek. Edo Interneten begiratu duen edozeinek, gaur egun dena dago Interneten.

—Den-dena ez –Sa Kenek–. Nik bilatu dut sarean, eta zuen hizkuntzaz aurkitu dudan bakarra hitz solte batzuk izan dira. Biraorik edo hitz zakarrik ez dut inondik ere ikusi.

—Edonola –Niri so egin dit Adelek–, lapurraren helburua, ziurrenik, zu aldi baterako nahastuta edukitzea zen, berak, bitartean, bitxiak kolokatzeko edo, agian, beraiekin desagertzeko.

—Ba bere helburuaren lehenengo zatia lortu du.

—Dena dela, ez da hain erraza horrenbeste bitxi kolokatzea, ez pentsa. Ziurrenik, oraindik hor nonbait ezkutatuta daude, nik uste dut sasoiz zaudela berreskuratzeko.

—Nahi nuke. Hala ere, beste kontu batekin ere nahasturik nago: dortokaren sabelean zegoen belarritakoarekin.

—Beharbada zure poltsa hustu zutenean belarritako txiki bat geratu zitzaien barruan, ez litzateke hain arraroa izango. Harriak sartu, gero dortoka, eta animaliak belarritakoa irentsiko zuen, janaria zelakoan.

—Bai, baliteke.

Zalantza mordoa; erantzunik, ostera, bat ere ez. Tea amaitu dut, azkena izan naiz eta Adelek berriz bete ditu edalontziak.

—Eta orain zer? –galdetu du Sa Kenek.

—Badakigu non bizi den Madou –erantzun diot–. Lehenbailehen joan beharko genuke haren bila, baina susmo txarra daukat, apustu egingo nuke ez dugula han aurkituko.

—Dena den, probatu beharko dugu, ez daukagu besterik.

—Nahi duzue nik laguntzea? –esan digu Adelek.

—Lasai, gizona, nahikoa duzu zeurearekin. Dena den, lagungarria izan litekeen zerbait bururatzen bazaizu, abisatu. Ados?

—Ados.

Telefonorik ez daukala gogoratuta, Sa Keneren eta nire zenbakiak idatzi dizkiogu paper baten eta, bigarren tea edan ondoren, beste bisita desatseginik jaso ez dezan opatu eta alde egin dugu.

—Gizon bitxia –esan dit ilegorriak.

—Benetan.

—Eta ausarta.

—Ausarta baino gehiago txoroa. Horrela jarraituz gero, hurrengoan ez dira konformatuko jipoi bat ematearekin.

—Zeozer egin beharko genuke beragatik, eta zure laguntxo horiek aproposak izan litezke.

Gorbea kaleko bidegurutzean gaude eta ilegorriak keinu bat egin dio irribarre mozolo ezabaezinaz begiratzen digun predikariari.

—Aizu –esan dio–, Igeldo kalearen barrualdean ez zarete ibiltzen?

—Hor jihadista egitea erraza izango litzateke. Arimak kristautzea, ordea, mirari.

—Dena den, propinatxo bat jasoz gero, saiatuko zarete pixka baten? –Hogei euroko billete bat erakutsi dio.

—Guk ez dugu hau diruagatik egiten.

—Badakit. –Bigarren billete bat ere ipini dio muturren aurrean.

—Hiru gara.

Sa Kenek hirugarren billetea atera eta bere telefono zenbakia idatzi du bertan.

—Hor aurrean ile-apaindegi bat dago, bandera bat daukana atean itsatsita. Badakizu zein diotsudan?

—Bai, jipoitu duten mairu txikiarena.

—Horixe. Inguruan ibiliko zarete predikuan gaur eta bihar, gutxienez? Azken baten, pixka bat harago edo honago jardutea berdin dizue, eta, agian, ezinezko arimaren bat ere salbatuko duzue. Desafioa kilikagarria da.

—Ados. –Sa Kenek luzatutako dirua jaso eta gorde egin du.

—Norbait badator gizona molestatzera, zuek zarataka jarraitu, grabatu dena, eta niri deitu, konforme?

—Konforme.

Eta hori esanda gure bidean jarraitu dugu.

—Nondik atera duzu hogei euroko horrenbeste billete? –itaundu diot.

—Gustatzen zait horrelakoak izatea karteran. Praktikoak dira edozertarako, ez handiegiak ez txikiegiak.

—Dena dela, garesti aterako zaizu Madrilgo asteburu luzea.

—Ez pentsa, azken baten inbertsio bat baino ez da. –Liluraturik naukan irriño hori oparitu dit–. Bilatzen ari garena aurkitzen dugunean, niri ere tokatuko zait zerbait, ezta?

15

Tarte luzea ezbaian eman ondoren, La Latinako metro geltokitik irten garenean Sa Keneri azken minutuetan buruan bueltaka erabili dudana esan diot:

—Oraindik hartu zenezake gaur gaueko trena Bilborako?

—Zer dela eta galdera hori orain, Toure?

—Txartela bota duzu, edo baliogabetu edo?

—Ez, zer ba?

—Pentsatzen egon naiz, beharbada, onena zuk hemendik alde egitea izango litzatekeela.

—Orain ulertzen dut zergatik etorri zaren hain serio metroan.

—Zakurraren mehatxuek oso kezkaturik utzi naute. Ez dut nahi nire arazoek zu zipriztintzea…

—Ixo, Toure! –eten nau–. Udaltzain zerri horrek kikilduko nauela uste duzu? Pottoki gixajo bat baino ez da ba eta!

Nik ez daukat batere argi morroia horren gixajoa ote den, kontrakoa esango nuke. Hala eta guzti, amore eman dut, primeran baitakit Sa Kenek erabaki bat hartzen duenean alferrik dela iritziz aldarazten saiatzea.

—Elkarrekin gaude arazo honetan –berretsi dit–, eta elkarrekin moldatuko gara konpontzeko.

Ordu honetan, azoka bukatu ondoren, guztiz desberdina da auzo honetako giroa. Pasatu dira goizeko jende pilaketak eta itolarriak, eta dena normaltasunera itzuli da, auzo apaletan ohikoa den normaltasun monotonora. Luze barik iritsi gara Cascorro plazara, eta Curtidores kaletik behera jota, berehala identifikatu dugu zakurrak aipatutako lekua: komun publiko batzuk, eta hauen aurrean *«Om mani padme hum»* letreroa daukan etxetxo zaharkitua, *«Todo es posible»* oharra sarreran, budisten banderatxoak balkoian. Tarot irakurketak iragartzen dira atean, eta hildakoekin kontaktuan jartzeko espiritismo saioak ere bai, azken hauek debalde. Etxe horretako igarlearekin apur bat identifikaturik sentitu naiz. Desberdintasun nagusia nik Bilbon egiten nuenarekin zera da, nik beti kobratzen nuela magia saioen truke, nahiz eta dena iruzur hutsa izan. Edozer, biziraupenaren alde.

—Alderdi honetan ere ibili zara Madouz galdezka, ezta? –galdetu diot Sa Keneri.

—Bai, baina esan dizut ze arrakastatsua izan naizen. Andre igarlea bera ere ez da nitaz fidatu.

Udaltzainak aipatutako atariaren sarraila probatu eta hondatuta dagoela ohartu naiz, normala denez patera-pisuak dauzkaten tokietan. Sartu aurretik gorputza jiratu eta ilegorriari irribarrez begiratu diot.

—Oraingo honetan, hobe izango da ni bakarrik saiatzea, sekreta izan litekeen zuriaren laguntzarik gabe, ezta?

Ilegorriak ondo hartu du mendeku txikia.

—Kanpoan itxarongo dizut, ba. Hala eta guzti, laguntzarik behar baduzu, bota oihu bat eta zu salbatzera etorriko naiz bizkor.

Atarian sartu, beraz, eta sotorantz jaitsi naiz, neure buruari berriz galdetuz Madouk zergatik bizi behar duen honelako toki baten, gamelu-lanarekin poltsikoratzen duena kontuan hartuta.

Zurezko ate zahar batekin egin dut topo, ez dago irekita, belarria ipini eta ez da ezer entzuten barruan. Ez litzateke harritzekoa izango hutsik egotea, kakazko patera-pisuetan bizi den jendeak denbora gehiena kanpoan ematen baitu, batzuek kaleko salmentan, beste batzuek nola edo halako lantxoetan, eta ezer ezdaukatenek, gehienek, solasaldi amaigabeetan haien antzeko gixajoekin. Azken baten, askoz hobeto egoten da kalean kobazulo zikin eta kirasdun hauetan baino. Primeran dakit nik hori.

Atea jo dut, esperantza handirik gabe. Ez dut erantzunik jaso, baina barruan mugimenduren bat egon dela iruditu zait, eta bigarrenez ahalegindu naiz.

—Nor da? –aditu dut, ozta.

—Madou?

—Ez naiz Madou. Nor zara?

—Madouren lagun bat. Hor dago bera?

Ez didate berehala erantzun. Belarria ipini dut berriz ateko zirrikituan eta norbait oinak arrastaka hurbiltzen ari dela iruditu zait. Atea ireki da, azkenik, eta afrikar bat agertu da, gaztea, garaia eta argala, eta aurpegiera eskasekoa. Senegaldarra dirudi eta gaixorik dagoela esango nuke, baina ez dago mesfidantza kutsurik haren begiratuan. Barrualdera behakoa egin eta imajina nezakeena ikusi dut, koltxoi mordoa lurrean sakabanatuta eta arropak handik eta hemendik desordenaturik. Hatsa ateraino ailegatzen da.

—Madou ez dago hemen? –itaundu dut.

—Ez zara enteratu zer gertatu zaion?

—Ez.

—Hilda agertu da eguerdian.

—Hilda? Non?

—Hor behean, Manzanares ibaiko zubi zahar baten azpian.

Ezustean harrapatu nau berriak eta segundo batzuk behar izan ditut erreakzionatzeko:

—Bortxakeria aztarnarik bazeukan gorpuak?

—Nik ez dut ikusi, ze gaixo nago eta ezin naiz etxetik irten, baina bizilagunek esan didate burua uretan sartuta agertu dela.

—Norbaitek akabatu du, beraz.

—Hori dirudi.

Madouren haria galduta, ikertzen jarraitzeko ezertxo ere ez daukadala jabetu naiz. Hotzean pentsatzen ahalegindu naiz.

—Bere gauzak hemen daude oraindik?

Gaztea atalasetik kendu eta sotoan sartzen utzi dit arazorik gabe. Koltxoi bat seinalatu du.

—Ez zeukan gauza askorik.

Koltxoiaren alboan arropa zimur batzuk eta motxila txiki bat baino ez daude. Hau ireki dut, eta barruan, interes handirik gabeko gauzen artean, haxix apur bat eta maria poltsatxo batzuk ikusi ditut. Hauetariko bat gorde dut, Madouren sotokideak ikusi barik. Argazki bat ere topatu dut, emakume eder bat eta hiru ume irribarretsu ageri dira. Honi begira geratu naiz.

—Familiari bidaltzen zizkion irabazi gehienak –esan dit gazteak–. Beharbada badakizu.

—Bai, noski, denok bezala.

—Legala izateko gutxi falta zitzaiola zioen. Ba omen zeukan norbait erosita administrazioan eta paperak eskuratzear zegoen. Aurten berton espero zuen familia Madrilera ekartzea, antza.

Ez zen hori Madouz neukan irudia, inola ere ez. Egia esan, ez genuen inoiz hitz egiten kontu pertsonalez, tratua askoz xinpleagoa izaten baitzen: zer moduz, jeneroa erosi, ordaindu, txantxaren bat, ondo ibili eta hurrengora arte.

—Madouri zerbait desberdina igarri diozu azken egunotan?

—Nola desberdina?

—Portaera aldetik, aldaketaren bat edo.

—Zeozer bai. Azken egunotan pozago zegoela zirudien.

—Esan zizun zergatik?

—Ez, familiaren kontuagatik izango zela pentsatu nuen.

—Ez zuen ezer aipatu harribitxi batzuei buruz?

—Ez, zer ba?

—Ahaztu.

—Negozioa oso ondo zihoala esan zidan, besterik ez. Badakizu zein zen haren lana, ezta?

—Jakina.

—Niri ez zait inoiz gustatu drogen mundu hori, baina ez da nire arazoa. Gainera, Madou ondo portatzen zen nirekin, poliziak kaleko salmentako jeneroa kendu zidanean, esaterako, berak ordaindu zidan alokairua. Tipo eskuzabala zen okerrago genbiltzanokin.

Madouri buruzko azken berriekin harriturik geratu naiz, baina haren ustekabeko bihozberatasuna gorabehera, zera pentsatu dut, nik ere badaukadala familia Afrikan eta beharrak hemen, eta harribitxiak neureak direla, ze arraio. Orduan funtsezko zalantza bat sortu zait: berak ote zeukan nire altxorra? Hala bada, zer egin du berarekin? Hor nonbait ezkutatu? Ala akabatu duenak kendu dio? Ala guztiz oker nabil eta Madouk ez dauka zerikusirik lapurretarekin? Hau ezinezkoa iruditzen zait, gertatu diren kasualitate susmagarrien ondoren.

Kaskoa gehiegi berotzen ari zait eta Sa Keneren beharra sumatzen dut. Beraz, gazte senegaldarrari laster sendatzea opatu eta kalera itzuli naiz. Ilegorria berehala hurbildu zait, jakin-minez:

—Berri interesgarriren bat?

—Bai, Madou ere hilda dagoela.

—Joder!

—Horixe pentsatu dut nik, joder.

Jarraian gameluaren sotokideak kontatutako guztiaren berri eman diot.

—Oraindik baikorra zara bitxiak aurkitzeko? –erantsi dut.

Kostatu zaio erantzutea:

—Madouren hiltzailea topatu beharko genuke, eta niri ez zait inor bururatzen.

—Niri bai –esan diot–. Udaltzaina.

Sinesgogortasuna nabaritu da ilegorriaren musuan.

—Goizean –jarraitu dut–, Madouren helbideaz galdetu diodanean, nahasturik geratu da. Beharbada lokalizatu egin du, galderak egiten hasi eta, azkenik, hil egin du.

—Zer informazio espero zuen, ba, Madourengandik? Azken baten, udaltzainak ez zekien ezer lapurretaz, eta ez zekien gamelua dela gure susmagarri nagusia.

Egia esateko, nire teoria ez da batere sendoa. Etsipenaren teoria baino ez da, beste azalpenik ez aurkitzearen ondorioa.

—Dena dela –erantsi dut–, ziur goizean zakurrak eta biok topo egitea ez dela kasualitatea izan. Zelan jakin du ni azoka inguruan nenbilela?

Zalantza planteatu eta ia segituan otu zait erantzuna, eta Sa Keneri gauza bera bururatu zaiola argitu dit haren itaunak:

—Asko estimatzen duzu zure sakelakoa?

16

Gauerdira bitarteko orduak oso luzeak egin zaizkit. Konturatu gara udaltzainak, nire telefonoa ez ezik, nire bizilekua ere kontrolatuta daukala. Telefonoa hondatu eta bota egin dugu, eta gaua pasatzeko gela bat hartu dugu Magdalena kaleko ostatu txiki baten, La Vera-n. Gauerdiko bileran gauzak ez dira gertatuko zakurrak espero bezala, ez daukagu argi zelako erreakzioa izango duen eta, badaezpada, korralatik kanpo lo egitea erabaki dugu.

Hitzordurako falta den tartean ere auzotik aparte egotea hobetsi dugu, eta Sa Keneri utzi diot aukeratzen denbora zelan eman. Ez da gehiegi konplikatu: paseatzea erabaki du, eta gero zuzeneko musika daukan lokal baten afaltzea.

Sol jendetsuan hasi da gure ostera: kaleko artistak, ikusleak eta euron eskupekoak erakartzeko ahaleginetan, saltzaile senegaldarrak begi bat bezeroengan eta bestea polizia-patruilaren bat agertuko ote den, Mickey Mouse umeei globoak ematen, Bob Esponja harekin lehian tokirik onena lortzeko, turista gazte mozoloak *selfie*ak egin eta egin; poliziak oinez, motorrez nahiz zaldiz harrokeriaz paseatzen…

Sol plaza zabalean nahiko eroso egon naiz, edonongo edonor egongo bailitzateke eroso horren eremu kosmopolitan, baina hortik alde egin eta Arenal kaleko oinezkoekin nahastu garenean lekuz kanpo sentitzen hasi naiz, eta Real antzokira ailegatzerakoan sentsazioa areagotu egin da. Egitaraua daukate agerian, eta hari begira, gure operarako plana bertan behera utzi beharko dugula esan diot Sa Keneri.

—Ez galdu esperantza, Toure.

Esperantza, zenbat aldiz erabili dugu berba hori aspaldion? Egia esateko, gauzak dauden bezala, nire esperantza ia bakarra da zakur xantaiagileaz ahalik eta modurik dezenteenean libratzea, begi bistatik galtzea betiko, bestelako kalterik jaso gabe. Baina leku guztietako poliziekin izaten dudan zorte txarra kontuan hartuta, hori nekez gertatuko dela begitantzen zait.

Opera Antzokia inguratuz, Ekialdeko Lorategietara iritsi gara, eta gero Errege Jauregira. Izen arranditsuak denak, nire mundu errealetik urrun daudenak. Hala ere, atsegina izan da begiralekutik eguzkiaren jaitsiera ikustea, gehienbat alboan daramadan emakumearen presentziari esker.

Ilundutakoan Sa Kenek Central jazz klubera eraman nau afaltzera. Lavapiéstik hurbil egon arren, Huertasen, ez nuen ezta entzunez ezagutzen lokala. Ez diot ilegorriari galdetu sarreren prezioa, eta menuko gauza merkeenak eskatu ditut, errudun sentsazioa uxatu ezinik. Imajinatzen nuenez, klubeko bezeroen artean nire azal koloreko inortxo ere ez dago. Beltz bakarra musikari laukoteko baxu-jolea da, konplizitatezko begi-keinu xehe batez hobeto sentiarazi nauen gizon heldua.

Musika mota, sikeran, animosoa izan da, «New Orly» estiloko jazza, musikariek eurek definitu dutenez. Gustatu zait, eta esango nuke ni adiago egon naizela artisten zereginari Sa Kene bera baino. Denbora gehienean burua beste nonbait izan duela iruditu zait. San Frantziskon ote? Han utzi duen umearengan? Tratu txarrak eman dizkion gizonarengan? Benetan libratu ote da hartaz?

—Zertan ari zara pentsatzen? –esan diot, postreekin batera.

—Bitxien desagerpenean.

Sinetsi diodan plantak egitea beste irtenbiderik ez daukat.

—Eta? Ideia berriren bat bururatu zaizu?

—Hariak lotzeko ahaleginetan ari naiz.

—Gauza batzuk nahiko argi daude: norbaitek ikusi ninduen poltsa baliotsua Retiroko urmaeletik ateratzen, ia ziur Madouren lagun etxegabeek. Honi esan, hiruren artean poltsa hustu, harriak eta dortoka sartu, eta listo. Hortik aurrera, galduta nago.

—Hirukote honetaz aparte, beste norbait egon behar du. Hasierako plana irabaziak denen artean banatzea izango zen, baina gero betikoa: zertarako partekatu neuretzat gorde ahal badut dena? Horrelakoak gara.

—Madouk bere kolegak akabatuko zituen eta beste norbaitek Madou?

—Ziurrenik, bai. Madouk erraz zeukan jenero kaltegarria ematea lagunei, hauek susmo txarrik hartu gabe. Eta laugarren pertsona hori Madourekin geratuko zen altxorra saltzeko, edo bien artean banatzeko, zubipe ezkutu horretan.

—Elementu hori nor den da gakoa.

—Noski.

—Nik udaltzaina ez dut guztiz baztertu.

—Ahaztu udaltzaina.

Nire izozki bukatu berriari erreparatu dio ilegorriak. Berea oraindik ukitu gabe dago.

—Gutxi falta da tipoarekin biltzeko eta argi daukazu zelan jokatu?

—Arratsalde guztia daramat horri bueltaka.

—Agian honek lagunduko dizu hobeto pentsatzen.

Bere platera luzatu dit eta ez diot muzin egin. Gosekiloi kezkek ez digute apetitua kentzen.

17

Lavapiésko plazaren erdiko jarleku baten eserita nago, zain. Giro ona lagun, espero baino jende gehiago ageri da inguruan, umeak ere badaude jolas parke txikian, eta Tony bera ere hor dabil bueltaka, bere kapela vietnamdarraz eta Atléticoaren elastikoaz, oraindik saldu ez duen jenero apurra kolokatu nahian. Apur bat lasaiago sentiarazten nau honenbeste lekuko egoteak, zer gerta ere.

Puntual heldu da zakurra. Ez gabon ez bostekorik ez ezer, harira joan da:

—Eskuak poltsikoetan? Non dago, ba, nirea?

Nik, ostera, beste galdera batekin erantzun diot:

—Zeuk hil duzu Madou?

—Tontoturik zaude? Zabor hutsa zen morroia, baina nik zertarako hil behar nuen?

Zalantzan geratu naiz, ez dakit sinetsi ala ez. Ez dirudi nire itaunak gehiegi harritu duenik, ezin jakin honelako sugegorriekin.

—Badakizu, behintzat, hilda dagoela.

—Enteratu naiz, bai, baina horrek ez du ezer aldatzen.

—Asko aldatzen du.

—Zuk bere helbidea eskatu didazu eta nik eman egin dizut. Beraz, tratua bete dut, eta orain zeuri dagokizu. Non daude nire bitxiak?

—Madouren hilotzari galdetu.

—Aizu! –Beroturik dago tipoa, gogoko dut honela ikustea–. Ez daukat gogorik tontakerietarako!

—Nik ere ez. Ez badakizu ere, Madouk lapurtu zizkidan harribitxiak.

—Zer ostia diozu?

—Entzun duzuna. Eta orain beste norbaiten eskuetan daude, akabatu zuenaren eskuetan. Ez daukat ideiarik nor den, zeu izan zintezkeela bururatu zait, halandaze pentsa!

Sa Kenek zelatan egon beharko lukeen terrazarantz so egin dut zeharka. Bezeroen artean bereizteak konfiantza eman dit.

Zakur mesfidatiari istorio guztia kontatu diot, komeni zaidan guztia, behintzat. Tinko begiratu dit narrazioan zehar, hasieran egundoko haserre itxuraz, gero pixkanaka egia asimilatzen joan dela iruditu zait. Amaitutakoan isildu egin naiz eta eutsi diot haren begiratuari, harik eta berak arreta beste nonbaiten jarri duen arte, Tonyrengan hain zuzen. Honek guganа hurbiltzekoa egin du, baina nire solaskidearen aurpegiera zakarrari erreparatu eta berehala eman du amore. Ziur gaitasuna daukala, nik bezala, zakurrak usaintzeko.

Gero etorri den isilaldi luzean udaltzainak sinetsi egin didala pentsatu nahi izan dut.

—Ez naiz batere fidatzen zutaz –bota du, azkenik–. Hala ere, epea luzatuko dizut bihar gauerdira arte.

Potroetan ipintzen zaizuna egin dezakezu bitxiak berreskuratzeko, baina bihar hemen nahi zaitut, eta seina pieza barik hamarna ekarriko dizkidazu: lepokoak, eskuturrekoak eta eraztunak. –Segundo batzuetan itxaron du nire erreakzioa, baina ez dut tutik esan–. Esku hutsik bazatoz edo agertzen ez bazara, badakizu zer dagoen: zu Afrikara itzuliko zara jipoi bat hartu ondoren, eta zure puta hori –Sa Kene dagoen alderdirantz seinalatu du buruaz– damutuko da mundura ume bat ekarri izanaz. Aditu?

Isilik eutsi diot, eta zakurrak bere ezizenari ohore eginez alde egin du, etorri bezala, ez bostekorik, ez agurrik, ez berba erdirik ere.

18

Magdalena kalera ematen duen ostatuaren balkoian nago, egonean, hausnarketa bakartian. Agian gau osoan zabalik egongo den fruta-denda ikusten dut hor behean, eta barruan dagoen bangladeshtar langilea ere bereizi dezaket hemendik, eskua kokotsean, etsipen itxuraz, ikusi ezin dudan puntu bati begira hipnotizaturik legez. Lavapiésen bizi diren milaka gixajoetako bat, hamasei orduko lan-aldia izango duena hirurehun edo laurehun euroko sasi soldataren truke, honen antzeko denda guztietan gertatzen den bezalaxe. Eta, hala ere, ziur erosoago dagoela hemen etxe-zuloan baino, han beste dozena bat *bangla*rekin partekatu beharko baitu espazioa.

Etxegabe itxurako gizon bat dendaren aurretik igaro eta kanpoko kutxetatik sagar bat hartu du keinu azkar batez. Dendaria ez da ohartu, baina apur bat aurreragoko ate bat zaintzen duen gorila mardul tentea bai. Bizia barkatu dio, hala ere, lapurtxoari aurretik pasatu zaionean, beldurra sentiarazten duen begirada horietako batekin. Ekialdeko Europako morroia, esango nuke, bere rola bete behar duen ogro larruko beste gixajo bat, azken baten. Dar-dar egiten du zaintzen duen ate ilunak, barruan ondo pasatzen ari diren seinale. Zenbat egunetako soldata beharko lukete zaindariak berak nahiz fruta-saltzaileak *after-hours* horretako bezeroek gaur alkohol eta drogatan gastatuko dutena irabazteko? Hobe ez pentsatzea. Horrelakoa da lehen munduko hirugarren mundutarren bizimodua eta iraun egin behar, ezer hoberik sortzen ez den bitartean.

Neure bizitzak ere gorabehera asko izan ditu aspaldion, edo, zehatzago esanda, behean hasitako beherakada luze bat izan zuen, izugarrizko gorakada batekin amaitu zena. Baina orain olatua bat-batean jausi da eta hor behean sentitzen naiz berriro, lur jota. Atsekabez nago, sortu zaidan arazo honetatik irteteko eman beharreko hurrengo pausoak mamurtzen. Sa Kene hemen ez balego askoz argiago izango nuke zelan jokatu: lehenik eta behin, izorratu nahi gaituen zakurrari berak dortoka gaixoari egin ziona egingo nioke. Ez litzateke izango akabatu dudan pertsona bakarra. Azken urteotan putakume mordoxka hil dut batere errudun sentimendurik izan gabe, ia-ia plazerez batzuetan, halako merezimendu zerrenda zeukaten. Baina ilegorriak ideia hori burutik kentzeko konbentzitu nau. Orain arte zorte itzela izan dudala dio, baina polizia bat akabatzea oso larria dela edonon, ziurrenik harrapatuko gintuzketela eta kartzelan ustelduko ginatekeela.

«Bera baino azkarragoak izan behar dugu eta zerbait bururatuko zaigu onik ateratzeko» izan dira haren hitzak.

Ziur Kristinak arrazoi duela, baina nik buruari bueltaka dihardut plan bideragarri baten bila eta ez zait ezer zentzudunik otutzen.

Atezainak zigarro bat atera eta piztu egin du, eta niri erdi ahaztuta neukan zerbait gogorarazi dit. Poltsikoan arakatu eta bai, hortxe dago oraindik Madouren motxilatik atera dudan maria poltsatxoa. Ondo etorriko zait kezkak baretzeko eta kanuto bat prestatu dut berehala. Dutxako iturria ixtearekin batera eman diot lehenengo atxikia. Primeran sartu zait.

Hortik gutxira nire alboan kokatu da Sa Kene, gorputza toallan bilduta, adats busti ikusgarria airean. Burua laztandu diot, eta koskorra emetasunez haztatu. Eskua kendu dit ezer esan gabe, gero kanutoa hartu eta zupada eman dio.

—Planen bat egin beharko dugu, ezta? –esan du, kea bota aurretik.

Sorbaldak jaso ditut.

—Istorio honek amaiera eskasa izango duela susmatzen dut.

—Ez dauka zertan horrela izan. Zeozer pentsatuko dugu.

—Ea zer bururatzen zaizun zuri. Ni erabat agorturik sentitzen naiz.

*After-hours*eko atearen dardarek erakarri dute berriz nire arreta. Pasatu zait burutik hor sartzea, agian penak desagertuko lirateke tarte batez.

Kristinak kanutoa bueltatu dit eta azken zupadak eman dizkiot. Gero kalera bota dut hondakina.

—Ez eman horrenbeste buelta, Toure. Bihar arteko atsedenaldia, sikeran, merezi dugu, ezta?

Eta, erantzunik ezean, eskutik heldu eta ohera eraman nau.

ASTELEHENA

19

Gaur goiz samar altxatu naiz, batere logurarik gabe. Geratzen zaizkidan azken txanponak zenbatu ditut eta txurro batzuk erosteko nahikoa direla ohartu naiz. Sorpresa eman nahi diot nirekin hain ondo portatzen ari den Sa Keneri, halandaze bisera jantzi eta, ilegorria ez esnatzeko tentuz, ostatutik irten naiz. Ave María kaletik erne jaitsi naiz, alde batera eta bestera begira. Agian esajeratzen ari naizela otu zait, gaur gauerdira arte gutxienez ez bailuke egon behar zertan kezkatu.

Burma liburu-denda oraindik itxita dago, Madouren jarlekua hutsik, jatetxe indiarra, ostera, irekitzen ari dira. Kamal bera dabil terrazako mahaiak atontzen, logura aurpegiaz. Jatetxearen barrura itzuli da ni albotik pasatzerakoan eta ez nau ikusi.

Lavapiésko plazako jarleku batzuk eta zenbait atari-sarrera oraindik etxebako lotiz okupatuta daude. Apustu-etxeko sarrera, ordea, garbi dago. Sartu naiz barran txurroak eskatzeko erabakitsu, baina ustekabe batekin egin dut topo: hesia jarri dute eta, pasatzekotan, karneta sartu behar da tramankulu baten. Horixe adierazi dit zerbitzariak, kexatu egin naiz, makinetan apusturik ez dudala egin behar, barran geratuko naizela, baina ez du amore eman. Zorionez, pattar kopatzarra edaten ari den agure zuri bat nitaz errukitu da:

—Zenbat txurro nahi dituzu?

—Dozena erdi.

—Neska –esan dio zerbitzariari–, ipini sei txurro pakete baten eta neuk emango dizkiot beltzaranari. Zenbat balio dute?

—Euro bat eta erdi.

—Ea, ekarri dirua.

Hortik gutxira ondo hornitutako kukurutxo bat jaso dut, eta espero baino merkeago.

—Bat nahi duzu? –eskaini diot agure jatorrari.

—Ez, eskerrik asko, sabela delikatua daukat.

Pozik irten naiz kalera, Sa Kenerentzako sorpresa salbatu ondoren. Gainera, txurroak epel daude oraindik eta usain ederra daukate. Ostatura joan beharko dut gehiegi hoztu aurretik, baina orain aldapa igotzea tokatzen da. Auzo hau kalbario hutsa da, ez dago ezer laurik inondik.

Jatetxe indiarraren aurretik igarotzerakoan, Kamalek ikusi eta gelditu egin nau.

—Aizu, Toure, gauza bat esan behar dizut. Bart, gauerdia pasatuta, polizia batzuk etorri dira hona. Zure atariaren aurrean egon dira txirrinak jotzen, zure bila ari ziren. Kanpoan egin duzu lo, ezta?

Hotzikara sentiarazi didate Kamalen hitzek.

—Udaltzainak ziren? –galdetu diot.

—Ez, nazionalak.

—Ziur zaude?

—Guztiz, auto, uniforme eta guzti etorri ziren.

—Eta zelan dakizu nire bila ari zirela?

—Hemen ere galdetu zutelako zutaz, niri neuri. Nor zaren ideiarik ez daukadala esan nien, noski.

Zur eta lur geratu naiz. Polizia nazionala nire atzetik? Zer arraio...? Estranjeria kontuez beraiek arduratzen dira eta zer nahi ote dute nigandik?

Zalantzaz josirik jarraitu dut oinez, Burma ireki berri duen Chusek bizkortu nauen arte.

—Egun on, Toure!

—Egun on. Goiz etorri zara.

—Gogoko dut liburu-denda txukuntzea bezeroentzat ireki aurretik, neure mania da, badakizu.

Badakit, bai, Chusek egun guztia ematen duela ordenaturik dagoena ordenatzen eta hautsik ez daukanari hautsa kentzen, Alfredok egun guztia erretzen pasatzen duen bezalaxe. Senarra geroxeago etorriko dela esan dit, liburu-dendan sartzen gonbidatzearekin batera.

Niri garbi-garbiak begitantzen zaizkidan hormako argazkiei hautsa kentzeari eman dio. Zaharrak dirudite, zuri-beltzekoak izanik, eta soldaduak agertzen dira gehienetan, paraje lehor baten. Andrea ohartu da haiei begira nagoela.

—Guapo dago, ezta?

—Nor?

—Alfredo. Ez duzu ezagutu?

Hormara hurbildu eta mutil beltzaran bat ikusi dut militar uniformez jantzita, tente, kapela buruan eta fusila eskuan. Oso-oso guapo dagoela ez nuke esango, baina Alfredo da, duda barik. Gaztetan ere bazeuzkan, antza, aurpegi ajatu hori, azal sendo hori.

—Soldaduska garaikoa da, 1975ekoa, pentsa zenbat urte pasatu diren. Ni umetxoa baino ez nintzen.

Beti iruditu zait Chus nahiko gazteagoa bere senarra baino, baina ez dut inoiz ezer galdetu.

—Zeharo maitemindu nintzen hartaz neskatoa nintzenean. Institutuan nengoen, Canillejasen, eta bera, Historiako irakasleak gonbidatuta, hitzaldiak ematera etortzen zen eta armadaz edo legioaz hitz egiten zigun. Batzuetan *Soy el novio de la muerte* abestu eta guzti egiten zigun, eta zelan! Neskatila guztiok liluraturik gintuen eta hara, azkenean berarekin lotu eta orain arte. Hogeita hamataka urte daramagu elkarrekin.

Ez dakit zer xarma ikusiko zioten institutuko neskato haiek Alfredo kakanarroari, niri bost axola. Nik beste gauza bat galdetzearren onartu dut liburu-dendan sartzeko gonbita:

—Aizu, Chus, zu enteratu zara atzo polizia etorri zela nire bila?

—Ez, zer ba?

—Kezkatuta nago. Kamalek esan dit nitaz galdetzen ibili zirela nazional batzuk.

—Ez dakit ba. Aspaldi honetan bai ikusten direla sarriago kalean, jendea identifikatzen eta. Baina etxeraino etortzea zure bila… Ez dakit zer pentsatu.

Niri so geratu da Chus, adikor, amultsu. Ez diot inoiz ikusi halako begiradarik. Ezpainak busti ditu mihiaz…

—Aizu –esan dit–. Alfredo oraindik berandutu egingo da eta, nahi duzu atea itxi eta kafe bat hartu nirekin? Oso goxoa egiten du gure makinak eta barruan besaulki eroso batzuk dauzkagu.

—Sentitzen dut, Chus. –Kukurutxoa erakutsi diot–. Txurro batzuk daramatzat Kristinarekin partekatzeko, eta ez nuke nahi gehiegi hoztea.

Hurrengo segundo isil eta deserosoak Chusen telefono hotsak eten ditu.

—Zaude apurtxo baten, mesedez. –Deiari erantzun dio–. Nor da? Bai, ni naiz, zer? Toure? Bai hementxe dago, zer ba? –Harriturik so egin dit–. Zuretzat da.

Luzatu dit sakelakoa eta jakin-minez eraman dut belarrira.

—Bai, esan.

—Toure zara?

—Bai.

—Aizu, barruti honetako suhiltzaileen burua naiz. Ezagutzen duzu Erika Clash?

—Bai, noski.

—Bere burua balkoitik botatzeko mehatxuka ari da, eta zurekin hitz egitea exijitu du.

—Nirekin? Zer demontre...?

—Ez digu bestelako azalpenik eman. Behin eta berriz dio, zurekin hitz egitea lortzen ez badu, bere burua botako duela, eta susmatzen dut egia dela. Etor zaitezke lehenbailehen, mesedez?

—Ba... bai.

—Badakizu non dagoen bere etxea?

—Amparo kalearen beheko aldean, ezta? Hor zaudete?

—Bai, eta mugi zaitez, mesedez, ze kontu honek oso itxura eskasa dauka. Guk ahaleginak egingo ditugu bien bitartean atsoa lasaitzeko.

Sakelakoa eseki eta Chus harrituari itzuli diot.

—Bakarrik hartu beharko duzu kafea. Nahi dituzu txurro batzuk laguntzeko?

20

Amparo kalerantz presaka joan bitartean, gertatutakoa arrazoitzen saiatu naiz. Nik dakidala, Erikak ez dauka nire telefono-zenbakia. Dena dela, alferrik izango zen horra deitzea, bota egin bainuen. Agian bururatu zaio Chusi deitzea, nire etxea liburu-dendaren ondoan dagoela kontuan hartuta… Tira, horrek ez dio ardura, orain zalantza da zer ostia espero duen nigandik atso xelebreak.

Bost minutu ere ez ditut behar izan vedette ohia bizi den lekura ailegatzeko eta txunditurik geratu naiz hor topatu dudan jendetzarekin. Sirena isil batzuk daude, suhiltzaileenaz gain anbulantziarena eta polizia nazionalarena. Eta hauen aurrean, pankarta bati eutsiz, andre-gizon mordo bat, erdi-erdian Manuel, ospitale aurreko protestaldian ezagutu genuen agure txikia.

«Ez, ez, ez, etxegabetzerik ez!!!» aldarrikatzen dute behin eta berriz protestariek, haien batez besteko adina ikusita ezinezkoa dirudien kemenaz.

Nahaste-borrastea ikustean, batez ere polizia begiz jotzean, ospa egiteko gogoa sentitu dut, baina une horretan suhiltzaile bat hurbildu zait, kasko eta guzti:

—Zu zara Toure?

—Bai.

—Neuk deitu dizut, zatoz nirekin, mesedez.

Atari aurreko jende asaldatuaren artetik jarraitu diot. Ikusi gabe neukan eraikina barrutik eta harritu egin nau. Egitura nire bizilekuaren antzekoa da, korrala multzo batena, baina egoera askoz txarragoa, toki erabat zaharkitu eta arbuiatua baita.

—Toure, maitea! –entzun dut. Gora begiratu eta Erika ikusi dut hirugarren solairuko barandari helduta, kanpoaldean ia zintzilik. Edozein momentutan jausi litekeela dirudi.

—Itxaron, Erika! –atera zait eta, suhiltzailearen onespenaz, eskailerak igo ditut saltoka.

Vedette ohiaren albora iritsi naizenean negarrez dagoela ohartu naiz, rimela korritu zaio masailetan behera, pena ematen du.

—Barkatu, Toure, laztana!

—Zer barkatu behar dizut?

—Nik zerbait susmatu nuen egin zizutenaz, baina isilik egoteko exijitu zidaten.

—Zertaz ari zara, Erika?

—Dirua eman zidaten zuri ezer ez kontatzeko, baita mehatxu egin ere, baina, ondo pentsatuta, zer daukat jada galtzeko? Etxetik ere bota behar naute eta ez zait ezer geratzen.

—Nork eman zizun dirua, nork egin zizun mehatxu?

—Hau ez da bidezkoa. Pasapogako izarra ezin da kale gorrian geratu etorkin ezdeusa balitz bezala.

Galdera errepikatu arren, ez dirudi Erikak ezer entzuten duenik. Begirada lauso dauka, gogoa beste nonbait. Beherantz so egin du eta susmo txarra hartu dut. Besotik heltzen saiatu naiz, baina ez naiz sasoiz iritsi.

—Barkatu, maitea! –esan eta bere burua bota du.

—Anbulantziakoak sartu daitezela, arin! –egin du oihu suhiltzaile buruak eta zuriz jantzitako bi lagun hurbildu dira atsoa eroritako lekura, maletatxo bat eskuan.

Nik eskailerak jaitsi ditut, alde batetik etsita, eta bestetik zalantzaz josirik. Argi geratu zait Erika nire bitxien lapurretaz ari zela, baina nork eman zion dirua? Nork egin zion mehatxu? Oihu batek eten du nire hausnarketa, sanitario baten ahotik ateratakoa:

—Oraindik bizirik dago! Ekarri ohatila!

—Guk ezin dugu ezer gehiago egin hemen –esan dit suhiltzaileak–, hobe dugu kanpora joatea.

Kalera irtetean, protestariak are beroago topatu ditugu:

—Prekarietatea hiltzaile, polizia laguntzaile!!!

Momentu nahasgarriak dira, eta nahastea ikara bilakatu da niretzat polizia nazional bi hurreratu zaizkidanean.

—Zure paperak, mesedez.

—Erroldatze-agiria baino ez daukat.

Elkarri so egin diote.

—Nola duzu izena?

—Mahamoud Toure.

—Eta non bizi zara?

—Ave María kalean.

Berriz haien arteko soa, eta adostasun keinu kezkagarria.

—Ez zeunden hor atzo gauean.

—Ostatu baten pasatu dut gaua, lagun batekin.

—Zer ostatutan?

—La Veran, Magdalena kalean.

Une horretan, ustekabean, Manuel txikia sartu da polizien eta nire artean.

—Bizi bat salbatzera etorri eta horrelako tratua merezi duela uste duzue?

—Kendu erditik edo zu ere atxilotuko zaitugu.

—Ez litzateke lehenengo aldia izango. –Eskuturrak eskaini dizkie.

—Kentzeko!

—Badakigu atzerriratze-hegaldi bat antolatzen ari zaretela CIEko hainbat errugabe botatzeko, eta etorkinak atxilotzen ari zaretela plaza libreak betetzeko. Hau lotsagarria da, eta gainera, ez da legala!

Ozen, finko mintzatzen da Manuel, sekulako konbentzimenduaz. Baina fisikoak ez dio laguntzen eta polizia baten bultzada txikia nahikoa izan da erditik kendu eta ia lurrera botatzeko. Hala eta guzti, poliziek ezin izan didate oratu, beste protestariak hurbildu eta Manuelen lekua bete baitute. Ia denak dira hirugarren adineko jende hauskorra, istiluak erakarrita hurbiltzen ari zaizkigun beste zakurren kontra ezer gutxi egin lezaketenak. Baina segundo batzuk eman dizkidate, eta Manuelen ahotsak berretsi du nire asmoa:

—Joan zaitez, Toure! Ospa, bizkor!

Protestari sufrituek eskaini didaten ezkutua aprobetxatuz, ziztu bizian alde egin dut toki horretatik.

Inoiz ez bezala egin dut antxintxika, askatasuna galtzeko ikarak bultzaturik, eta, hauspoak sua bota arren, buru hotzari eusten saiatu naiz: nora noa? Non ostenduko naiz? Lehenengo bulkada ostatura joatekoa izan da, baina poliziei esan berri diet non dagoen eta ziur norbait bidaliko dutela horra. Nire korralara? Ezta pentsatu ere, hori ere kontrolaturik baitaukate. Kamalen jatetxean sartuko naiz? Burman, Chusen kafe edo dena delakorako eskaintza onartuta…? Ez, leku hauek hurbilegi daude nire etxetik.

Pentsatu, Toure, pentsatu!

Orduan, bat-batean, zera otu zait: hain zuzen egiten ari naizena dela arriskutsuena niretzat. Izan ere, zer imajinatuko du ingurutik pasatzen den edozein poliziak belzkote bat zoro bat bezala korrika ikusiz gero? Zuria banintz footing egiten ari naizela edo autobusa galdu behar dudala pentsatuko lukete, baina beltza izanda eta Lavapiésen… Atoan gelditu naiz. Pentsatu, Toure! Non bihurtu zaitezke ikusezin? Non daude beltz gehien auzoan? Meson de Paredes aldean, Mandela plazaren inguruan, horixe, horrantz joango naiz, patxadaz paseatuz.

Bihotz-taupaden erritmoa pixkanaka jaisten zaidan bitartean, gogoari eragiten jarraitu dut: zuria banintz ilea nirea ez den koloreaz tindatu nezake. Baina beltz ilehori bat fosforitoz margotutako zebra bat bezain deigarria izango litzateke. Horixe da, zebra bat bilakatu behar dut, multzo handiko beste bat, gainerakoen berdin-berdina, eta Mandela plaza da lekurik aproposena.

Azken xehetasuna baino ez zait falta egoki kamuflatzeko: beharbada zakurrek erreparatu diote nire arroparen koloreari edo. Nire tamainako afrikar bat bilatu dut, itxura eskaseko kamiseta daukana, nirearekin trukatzeko eskaintza egin eta onartu egin du. Kito, orain bai, orain zebra arrunt bat naiz lehoien begietarako.

21

Ordu batzuk daramatzat Mandelako zebra multzoaren baitan babestuta. Hainbat polizia-patruila pasatu dira ingurutik, inoiz baino gehiago. Oraingoz ez dira plazan sartu, baina edozein momentutan egin lezakete halako sarekada bat eta, beharbada, ez da hain segurua hemen gehiegi luzatzea.

Hurrengo pausoak mamurtzen jarraitu dut: Sa Keneri abisatu beharko nioke gertatutakoaz, baina ez daukat sakelakorik. Txanpon batzuk bai, baina kabinak desagertu egin dira mundutik, eta, gainera, ez dakit buruz haren zenbakia. Edonola, egokia izango litzateke ilegorriari orain deitzea? Beharbada zakurren bat dauka inguruan, galdeketan edo zelatatzen.

Ala ez naiz hain inportantea? Beharbada esajeratzen ari naiz berriz, beharbada zakurrak nitaz ahaztu dira eta beste beltz gaixoago batzuk fitxatzen ari dira hegaldi-sorpresa horren saria emateko. Azken baten, zer ardura die ni nahiz beste edozein afrikar botatzeak? Kontua da Madrilgo belztasun portzentajea apur bat txikitzea.

Ideia bat bururatu zait. Plazako morroi bati telefonoa eskatu diot eta arazorik gabe utzi dit. La Vera ostatuaren zenbakia bilatu dut Interneten eta deitu egin dut, baina Kristinaz galdetu dudanean ostatuan ez dagoela erantzun didate. Kaka! Mezuren bat utzi nahi? Ez, eskerrik asko.

Pentsatu, Toure!

Beste burutazio bat izan dut. Atzeko poltsikoan begiratu eta kartoitxo zimurtu bat topatu dut, Manuelen txartela, hain zuzen. Lehengo tipoari telefonoa berriz eskatu eta berriz utzi. Mila esker.

Seinalea nahiko luzatu da, esekitzeko egon naiz, baina erantzun du, azkenik, agureak.

—Nor da? –Zerbait arraroa igarri diot tonuan, ondoeza, mesfidantza…

—Kaixo, Manuel. Toure naiz.

—Ez esan ezer.

—Zer diozu?

—Atxiloturik nago, ez esan ezer. –Norbaitek zarata egin diola iruditu zait–. Txartela.

—Zer?

Eta kito. Telefonoa norbaitek kendu edo, eta eseki egin dute.

«Txartela» izan da bere azken hitza, eta horri begira geratu naiz: gizonaren izena dakar, telefono zenbakia eta El Pilar auzoko zentroaren helbidea ere bai... Hori adierazi nahi ote zidan? Hara joateko?

Hortik gutxira polizia bikote bat motorrez heldu, aparkatu, plazan sartu eta agiriak eskatzen hasi dira. Horrek bat-bateko erabakia hartzen lagundu dit: plazako beste puntatik irten eta El Pilarrera iristeko modu seguruenaz pentsatzen hasi naiz. Oinez joateko urrunegi dago, metroko sarrerak ohiko kokalekua dira polizia sekretuentzat, busen sarea ez dut batere kontrolatzen...

Orduan motordun bat ikusi dut, gazte zuri rasta bat, atari baten sartzen pakete bat eskuan ibilgailua alboan aparkatu ondoren. Lehenengo bulkada motorra kendu eta bizkor alde egitekoa izan da, baina hobeto pentsatu dut: nora noa kaskorik gabe? Gainera, ez dut bidea ezagutzen, ez daukat sakelakorik GPSari segitzeko...

Estrategiaz aldatu eta mutila berriz irten arte itxaron dut.

—Beste mandaturik badaukazu? –itaundu diot.

—Oraingoz ez. Zer ba?

Poltsikoetan geratzen zaizkidan txanpon guztiak atera eta erakutsi egin dizkiot.

—Nahikoa da nirekin taxistarena egiteko?

Zenbatu egin ditu sosak, bost euro eta hogeita hamar zentimo. Ez dirudi oso konbentzituta dagoenik.

—Nora eraman behar zaitut?

—El Pilar auzora. –Txartela erakutsi diot.

Haren konbentzimendua are makalagoa da. Gogoa eman dit zaplazteko bat jo, besoan daraman kaskoa kendu eta ospa egiteko. Baina sakelakoa ere ostu beharko nioke, GPSa bilatu... eta El Pilarrera ailegatuta, zer egingo nuke motorrarekin? Ezkutatu beharko nuke arrastorik ez uzteko...

Orduan beste zerbaitez gogoratu naiz. Eskua ezker poltsikoan sartu eta sobratzen zaidan marihuana atera dut.

—Hau ere zuretzat.

Gazteak poltsatxoa atoan hartu eta gorde egin du. Gero beste kasko bat atera du motorraren kutxatik eta luzatu egin dit.

—Igo eta gogor heldu.

Ia damutu egin naiz motorra aukeratzeagatik garraiobide. Izan ere, mutilak abiadura beldurgarrian eraman nau niretzat ezezagunak diren bideetatik, gainerako ibilgailuei iskin eginez bideojoko baten barruan egongo bagina bezala. Eskerrak poliziarik agertu ez den, bestela arrazoi bikoitza izango zuten ni atxilotzeko.

—Hemen da –esan du halako baten motordunak–. Itzuli behar dut lanera.

Ia ez dut astirik izan eskerrak emateko. Hankak lurrean ipini ditut, kaskoa itzuli diot eta ziztu bizian desagertu da etorritako bidetik.

Urdin argiz margotutako eraikin txiki baten aurrean utzi nau. *Helduentzako Herri Eskola* diote horman idatzitako letra handiek. Afganistandarra dirudien neska baten erretratua dago alboan, eta honen gainean beste letra txikiago batzuk daude: «Ume batek, irakasle batek, liburu batek eta idazluma batek mundua alda dezakete. Heziketa da irtenbide bakarra».

Lelokeria bat iruditu zait esaldia, polita baina gezur hutsa, munduaren bilakaeran agintzen duten indarrak beste batzuk baitira, heziketarekin zerikusirik ez daukatenak. Neskaren erretratuari begira zera bururatu zait, orain Afganistani dagokiola lehenengo lekua mendebaldarren bigarren mailako kezken artean, hobeto sentitzeko derrigor gauzatu beharko dituzten elkartasun eta erruki erakustaldietan. Lehenago Siria izan zen eta geroago, talibanen gehiegikeriek berri freskoa izateari uzten diotenean, hirugarren munduko beste herrialde batek beteko du lekua, eta bien bitartean hemen bizi garen etorkin gehienok gorriak pasatzen jarraituko dugu egunero, denentzat ikusezin. Ia denentzat, zorionez.

—Kaixo, Toure.

Nire bizkarretik ailegatu berria den gizon batek egin dit agurra. Bizarduna da, begi argikoa, sudur luzekoa... Agurea da adinez, baina sekulako adorea transmititzen du.

—Katxurrik esan dit beharbada etorriko zinela.

—Katxurrik?

—Horrela deitzen diogu Manueli. Ez zaio batere gustatzen, baina horixe da ezizenen grazia. Niri denek *Errusiarra* deitzen didate, eta gogoko dut.

Bostekoa luzatu dit. Konfiantza sentiarazten dute gizon honen jarrerak, begirada gardenak, eskua estutzeko moduak...

—Arazoak omen dauzkazu poliziarekin.

—Bai, boluntario nahi naute erbesteratze-hegaldi horietariko baterako.

—Katxurrik esan didanez, hiru afrikarren heriotzengatik ere susmopean zaude.

Ahoa bete hortz geratu naiz, eta Errusiarrak igarri egin dit.

—Ez zenekien? –galdetu du.

—Ez, eta hori baino ez zitzaidan falta.

—Gugatik ez kezkatu, badakigu errugabea zarela, eta hemen lagun artean zaude. –Ingurura begiratu du–. Goazen barrura lehenbailehen.

Errusiarrak esan didanez, ezkutaleku segurua da El Pilarreko eskola zaharra, nahiz eta, berez, eraikin okupatua izan. Duela berrogei urtetik gora Manuelek eta berak, besteak beste, atea lurrera bota eta sartu egin ziren, eta ordutik hona auzoko jende behartsuenaren zerbitzurako erabili dute lokala. Irakasle boluntarioek hizkuntzak irakasten dituzte, baita informatika, musika, antzerkia, flamenkoa eta tai txi bezalako gauzak ere. Eta abokatuen aholkularitza-zerbitzua ere badaukate, eta behar dutenei osasun-zentroetara nahiz administraziora laguntzen diete, trabak errazago gainditu eta babestuago senti daitezen. Eta laguntza nahiz ikastaroak jasotzen dituzten horietariko asko, gehienak, gaur egun, nire gisako etorkinak dira.

—Deserosoak bilakatu gara botere eskuindarrarentzat –kexatu da bizardun berritsua–. Lokal hau, hasieran, El Pilar auzoa eraiki zuen etxegile faxistarena izan zen, gero bankuena, gero putre-funts horietako batena. Orain *Sweet Orange* deritzon enpresa batena da, eta abisatu digute euren bulegoak hementxe jarri behar dituztela. Lehengo egunean «Desokupa» taldeko makarra batzuk bidali zizkiguten, lokala hustu eta alde egiteko ultimatuma bota ziguten, baina jai dute kikilduko garela pentsatzen badute. Hala ere, ez dakit zenbat denbora aguantatu ahal izango dugun hemen.

Tristura sumatu dut Errusiarraren begi argietan, nekea, etsipena. Eskola zaharreko gelak erakutsi dizkit eta nahi dudan lekuan egoteko esan dit. Gero giltza ipini du nire eskuan.

—Nik orain alde egin behar dut, baina zu lasai geratu, etxean zaude eta. Bulegoko hozkailu txikian badaukazu janaria, nahi beste hartu. Atea giltzez itxi barrutik eta ez ireki inori, ados? Gero arte.

Udan egonda, aktibitaterik ez dagoela aprobetxatuta, dantzak-eta ikasteko erabiltzen duten aretoa aukeratu dut eroso jartzeko. Neure burua aztertu dut hormako ispilu erraldoian. Ez daukat herritar dirudun eta arduragabe itxurarik, ezta hurrik eman ere, nahiz eta oraintsu arte horrelako zerbait izan. Orain haustuta dagoen etorkin gixajo bat ematen dut berriz, beti izan naizena, azken baten.

Lurreko tatamian etzan naiz eta loak berehala harrapatu nau.

22

Begiak ireki ditudanean Manuel-Katxurri eta Sa Kene ikusi ditut nire aurrean zutik, irribarrez.

—Benetan nekatuta zeunden –esan dit agureak.

—Bai, ez dizuet entzun ere egin sartu zaretenean.

—Gose zara? –galdetu dit Kristinak.

—Bai.

Zutitu naizenean jada ilun dagoela ohartu naiz. Alboko mahaian ogitarteko batzuk eta botila bat ardo ikusi ditut, atseginez. Hirurok mahai bueltan kokatu eta ekin egin diogu.

—Oso tipikoak dira hemen bokata hauek –esan du Manuelek–. Gallineja esaten zaio barrukoari, bildots tripakiak dira. Probatuta dauzkazu?

—Ogi tartean ez, baina bestela bai, noski. Afrikan bildotsa jaten dugunean hezur zurrupatuak baino ez ditugu uzten.

Sabela bete bitartean, egunean jarri naute azken gertakariei buruz. Manuel eta bere kolega batzuk atxilotu egin dituzte etxegabetzearen kontrako protestagatik, baina berehala askatu dituzte, galdera batzuk egin ondoren. Eguneroko ogia ei da jende horrentzat komisariatik pasatzea. Sa Keneri ere bisita egin diote zakurrek, eta espero zitekeena erantzun die, non nagoen ideiarik ere ez daukala.

—Erika oraindik bizirik dago? –galdetu dut.

—Bai –erantzun du Manuelek–, ospitalera eraman dute eta hantxe dago.

—Egin ahal zaio bisita?

—ZIUn sartu badute, ez dut uste. Zer ba?

—Berarekin hitz egin nahi nuke.

—Zertaz?

Sa Keneri begiratu diot.

—Zertxobait kontatu behar izan diot Manueli –argitu dit.

—Badakit, bai, zerbait baliotsua ostu dizutela –esan du Katxurrik–, eta ustezko lapurrak hilda agertu direla. Badakit, nahiz eta zakurrek zutaz susmatu, errugabea zarela, eta hortik aurrerakoa ez da nire arazoa, halandaze nigatik lasai.

—Eskerrik asko. Kontua da Erikak zeozer badakiela lapurretaz, bere burua bota aurretik aitortu didanez. Enteratu zen gertatutakoaz eta dirua eman zioten ahoa ez irekitzeko.

Isilaldia nagusitu da aretoan eta bokatari haginkada handi bat emateko aprobetxatu dut. Primeran sartzen dira gallineja direlako hauek, aurrerantzean honelako gehiago sartuko ditut nire menuan.

—Nahi baduzu –proposatu du Sa Kenek–, bihar goizean ospitalera joango naiz, ea Erikarekin egon naitekeen probatzera.

—Ez da ideia txarra. Eta nik, bitartean, zer egingo dut?

—Hemen ez duzu batere molestatzen –Manuelek–. Jakin dugunez, atzerriratze-hegaldirako plaza gehienak bete dituzte, eta denbora igaro ahala arriskua txikiagoa izango da zuretzat. Beste kontuaz, ordea, hilda agertutako afrikarren kontuaz, ez dakit zer esan.

—Nik zakurrei zin egin diet –ilegorriak–, hil zituzten orduetan nirekin egon zinela denbora guztian. Non eta zertan aritu ginen ere azaldu diet.

—Eta sinetsi dizute?

—Ez dakit ba, gure koartadaren lekukoak topa litzakete, nahi izanez gero. Nik esango nuke honezkero ez dutela txarto pentsatzen zutaz.

—Dena dela, zergatik joko ninduten susmagarritzat?

—Batek daki –esan du Manuelek–, beharbada loturaren bat topatu dizute, edo gehiegi maite ez zaituen norbaitek izorratu nahi zaitu, edo kameraren batetik toki desegokian ikusi zaituzte…

Telefono baten hotsa aditu da. Sa Kenerena da.

—Bai, esan.

—…

—Bai, galdu du sakelakoa, baina orain nirekin dago. Berarekin hitz egin nahi duzu?

—…

—Zuretzat da.

Ilegorriak telefonoa luzatu dit eta jakinguraz egin dut galdera:

—Nor da?

—Adel naiz, Toure. Dena ondo?

—Tira, beti egon daiteke txarrago. Zu zer moduz zaude?

—Ondo errekuperatzen ari naiz.

—Inork molestatu zaitu azken orduotan?

—Ez, hemen bueltaka ibili den predikari astun bat kenduta. Bi andrerekin aritu da sermoia botatzen jo eta ke, eta dena grabatzen. Zuk badakizu ezer jende honetaz?

—Ez, zergatik galdetzen didazu?

—Zerbait susmagarria gertatu zaidalako morroiarekin. Ile-apaindegia ixterakoan nigana etorri eta ezetz asmatu zer proposatu didan.

—Bota.

—Harribitxi multzo handixe bat erostean interesaturik nagoen galdetu dit.

Erne jarri naiz.

—Esan dizu zelako harribitxiak edo diren?

—Ez, berak ez omen daki. Beste norbaiten bitartekaria baino ez da, antza.

—Eta zer erantzun diozu?

—Oraintxe berton ezinezkoa zaidala, lur jota nagoela. Ez dakit ondo jokatu dudan.

Pentsakor geratu naiz.

—Gehiago hitz egin duzue?

—Ez, beste barik alde egin du.

—Telefono zenbakia utzi dizu?

—Ez.

—Kaka!

Berriro isilaldia. Pentsatu, Toure!

—Zure telefono berritik deitzen ari zarela imajinatzen dut.

—Bai, aparatua eta zenbakia berriak dira, badaezpadan.

—Ados. Niri laguntzeko prest bazaude, gauza bat bururatu zait.

—Esan.

—Saiatu predikaria topatzen eta esaiozu bitxien jabearekin hitz egin nahi duzula, beharbada modua izan zenezakeela berarekin tratua egiteko.

—Ahaleginduko naiz.

—Morroiaren kontaktua lortzen baduzu, pasadazu, ados?

—Ados, ez kezkatu.

Saharararrari eskerrak eman eta eseki egin dut. Manuelen eta Sa Keneren jakin-minezko begiradekin egin dut topo.

—Beharbada ez dago dena galduta –esan diet.

23

Sa Kenek eta Manuelek ozta-ozta konbentzitu naute gaur gauean, behintzat, ez irteteko eskolatik. Bihar goizean ere zuhurrena hemen geratzea izango litzatekeela esan dute, eurak ahaleginduko direla kanpoan behar den guztia egiten. Baina ez, inola ere ez: arriskuak arrisku, Adelek deitu ezik ni neu joango naiz Vallecasera predikaria bilatzera, erabakita dago. Nire irmotasuna ikusita, amore eman dute biek eta agureak nirekin etorriko dela esan du. Bihar goizeko lehenengo orduan hona itzuliko dela adostu dugu eta bere etxera joan da.

Orduak aurrera joan zaizkigu eskola zaharrean, egoera eramangarriagoa egiteko baliabide handirik gabe. Azken marihuana-kukuluak motor-gidariari oparitu dizkiot, afari-meriendako ardoa bokatekin batera amaitu zaigu, bulegoko hozkailuan freskagarriak baino ez daude... Besterik ezean, lasai jesarri eta, tai txi egiteko erabiltzen duten musika erlaxagarria lagun, bizitzaz filosofatzen eman dugu denbora. Sa Keneren etorkizuna argi dago, lehenbailehen San Frantziskora itzuliko da, farmaziako lanaz gain ume bat baitauka zain. Ahaleginak egin ditut, umearen gaia abiapuntu, ilegorriak jasan duen bikote erlazio bortitzaz hitz egin dezan, baina ez da aukerarik egon. Bere sentimenduen leihoa guztiz itxi dit eta neure etorkizunera bideratu du elkarrizketa. Berak baikorra izan nahi du, baina nik neuk itzalez beterik ikusten dut. Hurrengo orduetan gertatzen dena erabakigarria izango da zirt edo zart egiteko, baina, edozer jazota ere, ez dut uste Madrilen jarraitzea bidezkoa izango denik.

Berba eta berba, hormako erlojuak gauerdira heldu garela jakinarazi digu.

—Honezkero Lavapiésen egongo da udaltzaina zure zain.

—Ziur.

—Imajinatzen dut morroia, minutuak igaro ahala tripak jaten, gero eta haserreago.

—Popatik!

—Zoritxarrez, ez dut uste amore emango duenik.

—Neuk lagundu beharko nioke amore ematen, betiko.

—Horretaz hitz egin dugu, Toure. Zerbait pentsatu behar dugu hartaz libratzeko, baina ez zure burutik pasatzen ari den hori.

Ez dut ezer esan, baina ez dut modurik ikusten halako izain potoloaz libratzeko, lehertu arte zapalduz ez bada. Ilegorriaren iritzia gorabehera, susmatzen dut azkenean ez dela beste irtenbiderik egongo.

Oraingoz horretaz ahaztu eta baxu-baxu jarritako musikan kontzentratzen saiatu naiz. Lasaigarriak izan beharko lukete doinuek, baina nigan ez daukate halako eraginik, buruko ideia zurrunbiloak bere horretan jarraitzen du eta. Horrez gain, arratsaldeko atsedenaldi luzeak ere ez dit orain lokartzea erraztuko.

Etzan egin gara lurreko koltxoneten gainean eta ilegorriak burua nire bularraren gainean kokatu du.

—Taupada bizkorrak dauzkazu.

—Burua bihotza bezala daukat eta, lan eta lan.

—Ekialdeko musika eder honek ez dizu animoa baretzen?

—Orain ez dago musikarik nire kezkak baretuko dituenik.

—Agian beste zerbait probatu beharko genuke.

—Ez da ideia txarra.

—Inoiz egin duzu tatami baten gainean?

—Ez.

Sa Kenek eskua bularretik irristatu eta bere atzamar luzeak zuzen joan dira nire zakilaren bila. Atoan gogortu zait. Laztan batzuk egin dizkio ilegorriak eta gero nire gerrikoa askatzen hasi da.

«Une goxoa, behingoz!», pentsatu dut, baina aspaldion nire gozaldi urriak berehala ozpintzen dira eta oraingoan ere horixe gertatu da. Izan ere, nire praketako kremailera jaistearekin batera eskolako ate ingurutik datorren hots bat aditu uste izan dut. Sa Keneren eskuari heldu eta isilik egoteko keinua egin diot. Musika-aparatuaren bolumena guztiz jaitsi dugu eta adi geratu gara. Zerbait aditzen da, bai, norbait atea igurzten-edo arituko balitz bezala. Tente jarri eta elkarri begiratu diogu. Zer egin? Harri kolpe antzeko bat entzun da, eta igurtziak, beste kolpe bat, igurtzi gehiago...

Honela ezin garela egon erabaki dut eta ateraino joanda, giltza jiratu eta ireki egin dut bat-batean. Topatu dudana imajina nezakeen azken gauza izan da: Ateko zuloa hormatzen ari dira, gu barruan egonda! Metro erdiko horma eraiki dute jada eta ostikada batez bota dut behera, zementua oraindik fresko dagoela aprobetxatuz. Igeltseroak edo dena delakoak atzera egin du salto, kikilduta, eta haren atzetik beltzez jantzitako bi gorila azaldu dira.

Adreilu bat eskuan jaso eta bisitariak une batez geldiaraztea lortu dut. Goriletako bat kankailu beltzarana da, kokospekoduna, patilla zabalekoa, gimnasioan landutako giharrekoa. Bestearen piura are eskasagoa da: Ekialdeko Europakoa dela esango nuke, buru soildu eta tatuatukoa, ni baino are handiagoa. Ez dirudi, ordea, saskibaloi jokalaria, haren gorpuzkera egokiagoa izango litzateke xabalina-jaurtiketa edo egiteko. Ziztu bizian ihes egiteko gogoa ematen dute biek, baina gotorlekua babestu beharra dago.

—Abisatuta zeundeten! –bota digu kokospekodunak, eta xabalina-jaurtitzaileari giharrak tenkatu zaizkio. Nagusiaren aginduaren zain dagoela dirudi, niri odol egarriz begira.

—Nor arraio zaretela uste duzue? –oihukatu du Sa Kenek nire atzetik. Ez diot utzi gehiegi hurbiltzen.

—Hau ez da zuen etxea, eta jabeak berarentzat behar du –gorila patilladunak–. Esan genizuen traste guztiak atera eta ospa egiteko.

Ez zait gustatzen zelan so egiten didan erraldoiak, nire gainera jauzi egitear dagoela pentsa liteke… eta horixe egiten saiatu da. Bizkor erreakzionatu dut, buruaren erdian jotako adreilukada bortitz batekin. Morroiak atzera egin eta ipurdiz behera jausi da lurrera, burua odoletan. Adreilu erdia geratu zait eskuan, punta zorrotzez betea, eta horixe erakutsi diot nagusiari:

—Irrikaz nago honekin zure eztarria zulatzeko. Emadazu aitzakia, mesedez!

Tipoak gorrotoz so egin dit, ziur ez daudela ohituta honelako erresistentzia aurkitzen. Bien bitartean erraldoia ozta-ozta zutitu eta burutik adreilu zatitxoak ateratzen hasi da. Orduan Sa Kene mintzatu da berriz, sakelakoa belarrian.

—Poliziari deitzen ari naiz, zeuek ikusi zer egiten duzuen.

Zalantzan egon dira kanpokoak apur baten, harik eta gorila patilladunak hitz egin duen arte:

—Goazen!

Eta hori esanda, alde egin dute biek. Bidean elkartu zaie atzean itxaroten zien igeltseroa.

Sa Kenek telefonoa gorde egin du.

—Benetan deitu behar zenion poliziari?

—Ezta pentsatu ere, baina amarruak funtzionatu du, ezta?

—Bai, eskerrak!

—Putakume horiek egiten dutena ez da legala, eta badakite. Jendearen beldurraz baliatzen dira etxeak husteko, baina hemen tipo ausart batekin egin dute topo.

—Ez pentsa, barrutik kaka eginda egon naiz.

—Ba primeran disimulatu duzu.

Ate aurrean sakabanatutako hondakinei so egin diet. Inguruan ez da jenderik ikusten, behintzat, alboan parke bat egonda ez baita oso ageriko lekua. Berandu izanik, zorte apur batekin ez dio inork erreparatu gertatutakoari.

—Eta orain zer? –galdetu dut.

—Hori dena garbitu beharko dugu, eta gero gerokoak.

Adreiluak eskolan sartu ditugu eta gainerako hondakinak bildu eta zakar-ontzi batera bota ditugu. Gero berriz sortu zait zalantza:

—Deituko diogu Manueli?

—Ez dakit merezi duen. Gorila horiek ez dira itzuliko eta zertarako eman halako sustoa gizonari ordu honetan?

—Bai, arrazoi duzu.

—Tira, oraindik gaua luzea da, eta zer deritzozu tatamira itzuli eta lehengo erlaxazio saioarekin jarraitzen badugu?

—Primeran deritzot.

ASTEARTEA

24

Manuel-Katxurri txokolate pitxarra eta txurro paketea eskuan eta irribarrea ahoan agertu da goizean, baina aurpegiera erabat seriotu zaio bart izandako bisitaren berri eman diogunean.

—Egia esateko, espero genuen horrelako zerbait, baina ez hain goiz. Dena dela, kasualitatea izan da zuek hemen zeundetela gertatzea, sentitzen dut.

—Gugatik ez kezkatu –esan diot–. Gainera, zorretan nago zuekin eta Desokupako gorilak uxatuz zatitxo bat kitatu dudala iruditzen zait.

—Zuengatik izan ez balitz akabo gure proiektua, berrogeitaka urteko proiektua. –Kolpetxoa jo dit sorbaldan–. Ea, zuek hasi gosaltzen, eta nik dei batzuk egingo ditut. Aurrerantzean, ezinbestekoa izango da lokalean beti norbait egotea, berriz atea hormatzen saiatuan ere.

—Bart, gu barruan geundela ahalegindu dira.

—Hori delitu larria izango zen, ziur ez zekitela hemen zeundetela.

—Beharbada horregatik alde egin zuten poliziari deitzeko mehatxu egin genienean.

—Jendilaje horrek ez du arazorik nahi poliziarekin, ez. Izan ere, haietako batzuk polizia ohiak dira, zerbitzutik botatakoak aldrebeskeriak egiteagatik. Militar ohiak ere badaude, eskuin muturreko jendea... Pieza ederrak denak, zenbat eta urrunago haiengandik, hobe.

Manuelek beharrezko deiak egin bitartean, gu sabela betetzen hasi gara gosari ederrarekin. Agurea elkartu zaigunean eguneko planean zentratu gara eta gehiegi luzatu barik jarri dugu martxan. Sa Kene Lavapiésko biztanleei dagokien ospitalera joan da, Giménez Díaz-era, Erika lokalizatzeko asmoz, eta gizon biok Katxurriren auto zaharrean abiatu gara Vallecaserantz.

Atzo motordun gaztearekin izuturik ibili banintzen, gaur lotsa pasatu dut agure txikiarekin. Batak arinegi gidatzen bazuen, honek astiroegi, gainerako gidarien zaratak eta errietak eraginez M-30 deritzon errepidean laurogeitik behera ibiltzeagatik.

—Hirietako jendea estresaren menpe bizi da –esan du nire babesleak, ardura izpirik gabe–. Minutu bat aurreratzearren lepoa jokatzeko gauza dira, eta txarrena, arriskuan jartzen dituzte gainerako gidariak ere. Ziur Afrikan ez duzuela horrela gidatzen.

—Tira, nire herria basamortuko mugan dago, ia ez dugu autorik, eta istripu arriskurik handiena gure motor zaharrekin gameluren bat harrapatzea izaten da.

—Zein da zure herria?

—Gorom-Gorom.

—Izen bitxia.

—Hori diote.

Vallecasko irteerara hurbiltzen ari garela dio seinale batek, eta keinukaria piztearekin batera Manuelen telefonoak jo du. Eskulibrea, sikeran, badauka auto zaharrak eta erantzuteko botoia sakatu dugunean ahots ezagun bat aditu da bozgorailutik.

—Toure, hor zaude? –«Adel, behingoz!», pentsatu dut.

—Bai, lagun batekin noa autoan, ondo entzuten dizugu.

—Kostatu zait zu lokalizatzea, noiz erosi behar duzu sakelako berria?

—Diru apur bat irabazten dudanean. Beharbada zuk lagundu ahal didazu horretan, ezta?

—Beharbada. Zurekin dagoena konfiantzazkoa da?

—Guztiz, lasai hitz egin.

—Imajinatuko duzu zergatik deitzen dizudan: atzo, gau beranduan, topatu nuen ditxosozko predikaria. Putiklub batetik irteten ari zen, sinesten didazu?

—Sinesten ez dudana da zergatik ez zenidan segituan deitu.

—Alferrik izango zelako. Bitxien mandatua eman zion tipoaren telefonoa eskatu nion, eta ezetz, errekadua berak pasatuko ziola eta gero gerokoak. Eta orain arte itxaron behar izan dut, duela gutxi hots egin dit gizon misteriotsuak.

—Eta?

—Atera diodan informazio apurraren arabera, zeure bitxiak dauzkala ondorioztatu dut. Hurrengo orduotan horiek ordaintzeko dirua lor dezakedala esan diot, baina, ezer baino lehen, jeneroa ikusi nahi dudala.

—Ondo eginda. Hitzordua lortu duzu?

—Bai!

—Aparta zara, Adel. Non geratu zarete?

—Cascorro plaza proposatu dit, Embajadores aldean. Ezagutzen duzu, ezta?

—Bai. –«A ze kasualitatea!», pentsatu dut.

—Soldaduaren estatua ondoan geratu gara, ordu bietan. Libre zaude?

—Ez daukat beste zereginik bizitzan.

—Ederto. Zelan egingo dugu? Prest nago laguntzeko, zer estrategia pentsatu duzu?

Ni zalantzan nagoela ikusita, Manuelek keinua egin eta hitza hartu du:

—Kaixo, Adel. Manuel naiz, Toureren lagun eta bizkartzaina –Begi-keinua egin dit.

—Esan, Manuel.

—Barkatu muturrak sartzeagatik, baina nire ustez onena zera da: zu estatuaren ondoan egon ordu bietarako, guk hor nonbait zelatan itxarongo dugu, eta morroia hurbiltzen zaizunean egin keinu bat eta berehala agertuko gara.

—Ados. Ondo iruditzen zaizu, Toure?

—Bai, primeran. Zer keinu egingo diguzu?

—Ez dakit ba. Nagiak aterako ditut?

—Konforme.

—Bitxiak berreskuratzen badituzu, prezio berezian salduko dizkidazu, ezta? Horrela, bide batez, gure kausaren alde egingo duzu.

—Berreskuratzen baditut musuka jango zaitut, Adel. Eta biok geratuko gara poz-pozik egingo ditugun tratuekin, ez kezkatu.

Manueli so egin diot. Irri barea dauka ezpainetan.

—Inondik ezaguna egin zaizu morroiaren ahotsa? –galdetu diot saharararrari.

—Ez.

—Espainiarra dela uste duzu?

—Hori bai, ziur, ze hizkera madrildar petoa dauka. Eta ahots kraskatua, baliteke nahiko nagusia izatea.

Argi bat piztu zait buruan.

—Hor segitzen duzu, Toure?

—Bai.

—Besterik behar duzu?

—Oraingoz ez. Manuelek esandakoa: egon puntual Cascorroren estatuaren ondoan eta gainerakoa gure esku utzi. Ados?

—Ados, gero arte.

—Gero arte.

Katxurrik dezeleratu egin du Vallecasko sarreran, eta atzeko gidariak sutan jarri eta klaxona jotzen hasi dira. Ispilutik begiratu dut, gure osteko gidaria exortzizatzen ari direla pentsa liteke.

—Imajinatzen dut planak aldatu direla –esan du nire bidaideak, patxada osoz–. Ez gara Vallecasen geratuko, ezta?

—Ez. Lavapiésera eraman nazakezu?

—Jakina.

Vallecas barrurantz jo beharrean, Madrilgo erdigunerantz zuzendu du autoa Manuelek, inguruko gidariak beren onetik atera dituen maniobra ilegal bat eginez, eta, hortik gutxira, semaforo gorriak geldiarazi gaitu. Hortxe daude, M-30aren azpiko eremuan sakabanatuta, etxebako ugarien ondasun apurrak. Gauzak jarri diren bezala, zorte apur batekin horrela amaitzeaz libratuko naizela otu zait.

Manuelen galderak errealitatera itzularazi nau:

—Zein da Adelek aipatu duen «kausa» hori? –Martxan jarri gara berriz.

—Sahararren independentzia.

—Imajinatzen nuen.

—Ezagutzen duzu gaia?

—Jakina, haien aldeko makina bat ekintza eta protestalditan parte hartu dut, baina ez dago zereginik.

—Ba bera konbentzituta dago baietz.

—Mirestekoa da herri horren kemena, baina hemen diruak agintzen du, eta herrialde handiak ez daude prest euren interes ekonomikoei uko egiteko basamortuan galduta bizi diren lau gizagaixorengatik. Eta tristeena da berdin diola herrialde horietan eskuinak ala ezkerrak agintzen duen, Espainia bera da adibiderik onena.

Manuelek hasperen egin du eta isiltasuna nagusitu da autoan. Ez da gehiegi luzatu, hortik gutxira berriz telefono hotsa aditu da eta. Sa Kene da oraingoan.

—Zer moduz zabiltzate? –itaundu du.

—Ondo, aurrera goaz apurka. Eta zu zelan?

—Nik berri ona daukat: Erika ez dago hain-hain txarto. Miraria badirudi ere, erizainek esan didate lesio arinak baino ez dauzkala, eta oraindik gerra handia eman behar duela mundu honetan. Ziurrenik, gero aterako dute ZIUtik, pentsa!

—Ezin dut sinetsi, hartu zuen ostia ikusita. Zuek esaten duzuen bezala, belar txarrak...

—Zainak luze. –Ilegorriaren barrea aditu da–. Oraindik garagardo-lata asko ordaindu beharko dizkiozu.

—Atsegin handiz, pelikula hau ondo amaitzen bada.

—Ziur baietz. Orain zer nahi duzue egitea? Nire laguntza behar duzue hor ala hemen inguruan geratuko naiz?

—Nik uste dut hobe dela hor segitzea. Eta Erikari zerbait ateratzea lortzen baduzu, segituan deitu.

—Ados. Desberdin sumatzen zaitut, Toure, baikorrago edo. Zuzen nabil?

—Bai, uste dut badakidala nork dauzkan bitxiak.

25

Luzatu egin gara Sa Keneri azalpenak ematen eta berarekin iritziak kontrastatzen, eta, elkarrizketa amaitu denerako, Atochako geltokiaren aurretik igaro eta Lavapiés aldera ailegatu gara. Harritu nau auzoaren barruraino sartzeak.

—Ez zegoen, ba, debekatuta kaleotan autoz ibiltzea?

—Ezkerreko gobernuarekin bai, baina orain agintean dauden eskuindarrek bertan behera utzi dute arau hori. «Askatasuna» deitzen diote, eta guri, gaur, primeran etorriko zaigu.

Ave María kalearen goiko aldean aparkatu dugu, Burma liburu-dendatik hurbil, eta oinez jaitsi gara haren sarreraraino.

—Nik hemen itxarongo dizut, zaintzan –esan dit Manuelek, eta *after-hours* aurreko gorila gogorarazi didan jarrera hartu du, gorputza tente, besoak gurutzatuta, aurpegiera serio…

—Piura horrekin Desokupakoek baino beldur gehiago ematen duzu –bota diot.

—Ez fidatu nire gorputz txikiaz. Ziur Errusiarrak kontatu zizula Katxurri esaten didatela.

—Bai.

—Ez nuen besterik espero berarengandik. Esan zizun zergatik?

—Ez.

—Ba gaztetan oso izter sendoak neuzkalako. Borroka-arteetan jarduten nuen eta hainbat txapelketa irabazi nituen. –Azalpena irribarrez eman arren, badirudi serio ari dela–. Eta eusten diot sasoiari, gure eskolan praktikatzen dudan tai txiari esker.

Ez dut esan burutik pasatu zaidana. Beste barik, Katxurri zaintza zereginetan utzi eta liburu-dendan sartu naiz, barruraino sartu ere, salmahaiaren inguruan ez baitut inor topatu. Chus barruko besaulkietan aurkitu dut, kafe bat edaten. Ikusi nauenean bizkor zutitu da, aurpegi eskasa dauka, negarrez egon dela dirudi.

—Toure, pozten naiz zure bisitaz. –Eskutik heldu dit–. Badakizu ezer Alfredori buruz?

—Horixe galdetu nahi nizun, hain zuzen.

—Oso kezkatuta nago beragatik. Atzo goizeko lehenengo ordutik ez dut ikusi: egun guztian ez zen hona etorri, gauean ez da etxean egon, ez du telefonoa hartzen... Ez dakit zer pentsatu.

Ezta nik ere. Eskema guztiak apurtu dizkit liburu-dendariak kontatutakoak eta ezbaian geratu naiz. Egia ote da ezer ez dakiela bere senarrari buruz?

Sarrera aldera joan naiz, susmoak baieztatzeko helburuaz, eta andreak segitu egin dit. Hormako argazki zaharrei begira geratu naiz, soldaduen atzean ikusten den parajea lehorra da, oso lehorra.

—Non egin zuen soldaduska Alfredok?

—Saharan. Zer ba?

Lehen zalantza izpirik baneukan, orain ezta batere.

—Legionarioa izanik, soldaduska han egin zuten azken gizonen artean egon zen –erantsi du Chusek–, eremu hori Espainia zen bitartean. Gero Martxa Berdea eta hori dena gertatu zen eta Marokok bereganatu zuen Sahara, badakizu.

Ez dakit dakidan ala ez, baina burua beste zeozertan daukat. Fidatu behar dut Chusek dioenaz? Horren inozoa izan daiteke? Baliteke ezer ez jakitea nire bitxiez berarekin egunak eta gauak pasatzen dituen gizona lapurretaren antolatzailea izanik?

—Hartu kafe bat nirekin, mesedez. –Eskutik oratu dit berriro–. Itxiko dut liburu-denda?

—Alde egin behar dut.

Nire ahotsaren irmotasunak kikildu egin du andrea, antza, eta eskua atoan askatu dit. Ez dakit zelan interpretatu haren begirada: nahasmena? Ondoeza…? Ala etengabeko antzezpenean ari ote da?

Ezer erantsi gabe irten naiz kalera eta nire bizkartzain bitxia elkartu zait, jakinguraz. Honezkero xehetasun guztiak dakizki nire altxorraren bilaketari buruz, erabat fida naitekeen pertsona urrietako bat da.

—Zer moduz joan da?

—Nahi nuen gizona ez dut aurkitu, eta haren emazteak guztiz despistaturik nauka.

—Egon lasai, ez da gehiegi falta ordu bietarako, eta orduan argituko da dena. Bitartean kafe bat har dezakegu, ezta?

—Ideia ona.

Kamalek lan egiten duen jatetxea da lokalik hurbilena, eta haren terrazan jesarri gara. Mutil prestuak berehala zerbitzatu gaitu.

—Aizu, Kamal –esan diot–. Zuk ondo ezagutzen dituzu Alfredo eta Chus?

—Ondo-ondo… ez dakit, baina badira hainbat urte elkarren aldamenean gaudela.

—Zer iritzi daukazu haiei buruz?

—Zer esan nahi duzu?

—Argi hitz eginez, Alfredo oso azkarra eta Chus oso mamala direla esango zenuke?

—Tira, Chus pertsona ona iruditzen zait, zintzoa, sentibera, agian apur bat lañoa ere bai. Alfredo, ostera, kabroi hutsa da, gaiztoa eta berekoia. Ez du merezi halako emakumea, ez dakit honek zer ikusiko zion berarekin ezkontzeko.

Mutilak alde egin du eta bakarrik geratu naiz Katxurrirekin, kafe eskas samarra dastatzen.

—Gero eta argiago daude gauzak, ezta? –esan du.

—Guztiz argi. Zenbat falta da ordu bietarako?

26

Ordu biak hamar gutxi. Cascorro plazako taberna baten barruan gaude, ustezko heroiaren estatua primeran ikusten dugu hemendik, Adel herrenka hurbiltzen ari da harenganantz. Ez litzaidake inportako lapurra bost minutuz edo berandutzea, Manuelen kontura jaten ari naizen urdaiazpikoa kristona da eta.

—Ez naiz konturatu. –Agureak, platera seinalatu du–. Beharbada musulmana zara.

—Ni gosetia naiz, eta gosetiok lehentasun bakarra daukagu.

Ordu biak bost gutxi. Pernila zelan irentsi dudan ikusita, Katxurrik beste platerkada bat eskatu du. Teruelgoa dela entzun dut, eta ardo beltzari Ribera esaten diote, hau ere primeran sartzen da. Bitxiak berreskuratuz gero, honelako otordu gehiago egin beharko ditut. Eta Sa Kene, Manuel eta abar gonbidatuko ditut, munduko urdaiazpiko eta ardo garestienak eskatuko ditugu… Erlojuari so egiten diot behin eta berriz.

Ordu biak puntu-puntuan. Bigarren platerkada hustu eta berehala tipo bat agertu da Duque de Alba kaletik, zuria, segaila. Adelengana hurbildu eta zerbait esan dio. Honek, ostera, ez du keinurik egin, morroia joan da eta kito. Alarma faltsua.

Ia segituan beste tipo bat hurbildu zaio, txikia, txandala dauka jantzita, txano eta guzti. Ezin diot aurpegia ikusi, baina ez daukat zalantzarik nor den. Erne jarri naiz. Manuelek hustu egin du edalontzia, nirea hutsik zegoen lehendik.

Adelengana jo du zuzen txandaldunak eta harekin hizketan hasi da. Sahararrak beso bat luzatu du.

—Nagiak atera ditu? –galdetu dit Katxurrik.

—Ez dakit. Zelan ateratzen dituzte nagiak sahararrek?

—Mundu guztiak bezala, imajinatzen dut.

Bigarren aldiz egin du keinua Adelek, oraingoan gure aldera zeharka begira, eta orduan konturatu naiz.

—Beso bat lesionatuta dauka, horregatik luzatu du bestea bakarrik. Goazen!

—Itxaron! –Eskua bularrean jarri dit Manuelek–. Urrundik hurbiltzen ikusten bazaitu batek daki, agian korrika hasiko da eta ez dugu harrapatuko.

—Orduan zer proposatzen duzu?

—Ni ez nau ezagutzen, halandaze paseoan bezala hurbilduko naiz haiengana, immobilizatuko dut morroia eta orduan bai, zu etorri berehala, harrapa ezazu eta nahi duzuna egin berarekin. Ondo deritzozu?

Oso ondo ez, egia esateko, baina segundoak igarotzen ari dira, urduri nago, beldur naiz alde egingo ote duen…

—Joan zaitez, ba, lehenbailehen, tipoak ezer arraroa susmatu baino lehen.

Agure txikia kalera irten eta patxadaz jo du Cascorroren estatuarantz. Atzetik hurbildu zaio txanodunari, bat-batean eskuturretik heldu, hau bihurritzen saiatu eta… Eta ahoan ukondokada jaso ondoren, ipurdiz behera jausi da lurrera. Txandaldunari txanoa jaitsi zaio. Alfredo, kabroia! Korrika abiatu naiz harengana, samatik oratzeko grinaz. Liburu-saltzaileak Manueli so egin dio, gero niri, eta, Adelen hanka txarrari ostikada jo ondoren, ihesari eman dio Curtidores kalean behera.

—Sentitzen dut, Toure –esan dit sahararrak, zeharo minduta, albotik igaro naizenean.

—Nik ere bai –bota du Katxurrik, lurrean eserita eta muturrak odoletan.

Ez dut energiarik galdu erantzuten eta lapurraren atzetik abiatu naiz ahalik eta bizkorren. Ez dirudi azkarregia, baina gauza bera esan daiteke nitaz. Azoka egunetatik kanpo, toki hau ez da jendetsuegia eta ez digu inork traba egingo, behintzat. Hamar bat metroko tarteari eutsiz pasatu da iheslaria Madou bizi zen atariaren albotik, eta ondoko etxetxo budistako andreak lasaitasunez so egin digu bere negozioaren sarreran jarritako aulkitik. «Eskerrak aldats behera goazen, sikeran», pentsatu dut, bestela bero honekin akabatuko nintzateke. Nire pisuak abantaila izan beharko luke norabide honetan, baina ezin diot tartea murriztu, hala ere esperantza daukat hemendik gutxira bere birika ustelek arnasketa eragotziko ote dioten. Bai, horixe gertatzen hasi dela uste dut, aditzen ditut Alfredoren arnasaldiak, gero eta bizkorragoak dira, gero eta itoagoak... Orain bai, tartea txikitzen ari naiz, erreta noa baina bera erreago. Aldapa etzaten den aldera iristen ari gara, Toledoko ingurabide trafikotsuraino jarraituko duela dirudi... Ez, justu lehenago ezkerraldera jo du eta Casino parkean sartu da. Ez da inor ageri ordu honetan, poztu egin naiz, egin behar diodana egiteko zenbat eta lekuko gutxiago, hobe.

Lapurraren arnasaldi txistukariak askoz ozenagoak dira orain, badirudi ito egin behar dela, ezin du horrela luzaro aguantatu. Metro pare batera nago, besoa luzatuz ia harrapatu dezaket... Txakurren gunera ailegatu gara, Madouren kolegen gorpuak aurkitu genituen alderdira, eta Alfredok ezin izan dio eutsi. Atzamar puntekin ukitu eta bultzada txikitxo bat ematea nahikoa izan da morroia lurrera jausteko, txakurren gunearen barrura, hain zuzen. Ni zutik geratu naiz haren alboan, arnasari buelta eman nahian.

Kostako zait guztiz errekuperatzea, baina bera askoz okerrago dago, lurrean tripaz gora botata, asma atakea daukala dirudi eta momentua aprobetxatu behar dudala pentsatu dut.

—Non daude bitxiak? –bota diot.

—Ze bitxi?

Ahoa eta sudurra itxi dizkiot segundo batzuetan. Begiak euren zuloetatik irtetear daudela dirudi.

—Vallecasko Adeli saldu behar zenizkionak.

Askatu dizkiot arnasbideak, eta erantzunaren zain geratu naiz. Zorionez, ez dago begiluzerik inguruan, baina edozein momentutan pasatu liteke norbait hemendik.

—Nor da Adel?

Erantzunak sutan jarri nau eta alboan ikusi dudan txakur mokordo lehor bat jaso eta, lapurrari sudurra itxita, ahotik sartu diot oxigeno eske ireki duenean.

Itotzear egon da, eta kaka zatiak puzka ateratzearekin batera bota du erantzuna.

—Komunetan!

—Zer komunetan?

Apur bat errekuperatzen utzi diot.

—Zer? –esan du.

—Zer zer? Ea zer komunetan dauden bitxiak.

—Komunak? Zer komun?

Putakume honek nire onetik atera behar nau. Behingoz egia aitortu dezan zer arraio egin dezakedan pentsatzen jarri naiz, jotzeko objekturen bat edo bilatu dut eta Alfredok, nire nahasmena aprobetxatuz, zutitu eta berriz ihesari eman dio.

Ezin dut sinetsi, ostera ere ari gara korrika. Hala eta guzti, oraingoan askoz gutxiago iraun du jazarpenak. Izan ere, Alfredok oihu bat bota du, eskua bihotzera eraman, gelditu, lurrean belaunikatu eta... zerraldo jausi da.

Haren itxura aztertu dut eta ez dago dudarik. Hilda dago. Joder!!!

Ingurura begiratu dut. Inor ez. Banoa hemendik.

Curtidores kalean gora abiatu naiz, bizkor ibiliz, eta Adel eta Katxurri ikusi ditut kontrako bidean, agurea muturra puztuta, bestea honen sorbalda erabiltzen duela makulu gisa.

Manuelek eskuan daukan telefonoa jaso du.

—Kristinak deitu du oraintxe. Erikak aitortu dionez, jatetxe indiarreko morroiak ordaindu zion, baita mehatxatu ere, isilik egon zedin.

—Kamalek?

—Horrexek.

27

Katxurri eta Adel euren martxan utzi eta albait bizkorren abiatu naiz Ave Maríako jatetxe indiarrerantz. Kamal, ostia, ez nuen inola ere imajinatuko! Dena den, ez nintzateke batere harrituko bangladeshtarra desagertu balitz, horixe gertatzen ari baitzait behin eta berriz istorio zoro honetan, susmagarri baten bila joaten naizen gehienetan edo desagertuta dago edo hilda, edo gauza biak.

Iritsi naiz helmugara, izerdi patsetan nago, kaleko mahaiak nahiko beterik daude eta jatetxe barrura jo dut zuzen. Hor ez dago bezerorik, baina Kamal bai topatu dudala, bizi-bizirik. Lanerako barik bidaia egiteko bezala jantzita dago, eta maleta gurpildun bati tiraka doa lokalaren irteerarantz.

—Nora zoaz horren dotore?

Ipini duen aurpegiarengatik esango litzateke bat-bateko beherakoak eman diola. Maleta askatu eta ospa egin du jatetxearen barrualderantz. «Beste jazarpen bat ez, mesedez!», pentsatu dut, eta nire desira bete egin da, bangla gaztea komunean sartu eta kisketaz itxi baitu.

—Irten hortik! –agindu diot, baina ez du erantzun.

Atea ez da batere sendoa, halandaze ostikada bat eman eta zulo bat egin diot, eta bigarren kolpea nahikoa izan da guztiz irekitzeko. Leihotik ateratzen ari den potoloari orkatiletatik heldu eta tiraka jaitsi dut lurrera. Ezer esateko aukerarik eman gabe Retiroko dortokek ere entzungo zuten zaplazteko bat jo diot, hormaren kontra egin du danba buruaz eta komuneko ontzian eserita geratu da, leloturik.

—Tontakeriarik ez! –oihukatu diot–. Non daude bitxiak?

Ez du erreakzionatzen, gogorregi jo ote diot? Maletaren bila joan naiz eta beste zerbitzari batekin egin dut topo. Plater beteak ditu eskuan, izu aurpegia dauka.

—Zuk jarraitu lanean txintxo, ados? Eta ez inori abisatu edo potroak ebakiko dizkizut. Berehala alde egingo dut.

Baiezko keinua egin du buruaz eta terrazarantz joan da. Ni komunera itzuli naiz, maleta eta guzti.

—Zabaldu! –agindu diot Kamali, eta protesta zantzurik gabe obeditu du.

Barruko gauzetan arakatzen hasi naiz: arropak, garbiketarako tresnak, kondoi kutxa bat, bizpahiru *naan*... Harribitxirik ez inondik.

Belarrietatik helduta altxatu dut airean.

—Ez dizut berriz galdetuko. Non daude bitxiak?

—Madouk ezkutatu zituen lekuan, bere etxe alboko komun publikoetan.

Bangladeshtarra berriz komunontzian jesarrarazi eta pentsatzen jarri naiz. Egia izan liteke. Alfredok ere komunak aipatu ditu, eta Adelekin Curtidoreskoen alboan adostu badu hitzordua, ziurrenik hor dauden bitxiak erakusteko izan da.

—Gionezkoen komunetan? –itaundu dut, badaezpada.

—Bai, noski.

Sentiera ulergaitza jabetu da nitaz bat-batean, halako barealdi bat, halako tentsio huste izugarri bat, eta horrek lagundu dit buru hotzez pentsatzen eta azken egunetan gertatu zaidan guztiaz jabetzen, behingoz.

—Denak zeundeten ados jarrita –esan diot bangla gazteari–, denak: Alfredo, Madou, honen bi kolegak, zu... Inor falta zait?

—Vallecasko predikaria.

—Joder, solasalditxo bat izan behar dut morroi horrekin.

—Tipoa ez zen, berez, taldekoa, baina euro batzuk agindu genizkion zu zelatatzearen truke.

—Eta Retirora hemengo bi arloteek jarraitu zidaten, ezta?

—Bai.

Hariak lotzen jarraitu dut:

—Harribitxiak lortu ondoren elkar akabatzen hasi zineten, tartaren zati handiagoa lortzeko.

—Nik ez nuen inor hil.

—Lehenik, Madouk garbitu zituen bere bi kolegak.

—Ez, gamelua, itxura zakarra gorabehera, ogi zati bat zen eta ez zuen inoiz horrelakorik egingo.

—Orduan...

—Alfredok egin zuen lan zikin guztia. Berak akabatu zituen hiru afrikarrak, etxebakoak pozoitutako bokata batzuekin, Madou ez dakit zelan.

Baliteke.

—Eta ez zaizu burutik pasatu zu izango zarela hurrengo biktima?

Ez du erantzun.

—Orain Alfredorekin elkartu behar zenuen, ezta?

Isilik iraun du.

—Ba lasai itxaron ahal diozu geratu zareten lekuan.

Komunetik irten naiz, Curtidores aldera joateko asmoz, baina Kamalen hitzek geldiarazi naute:

—Itxaron, Toure.

—Zer nahi duzu?

—Pena ematen dit zurekin honela amaitzeak.

—Zer ostia diozu?

—Estimatzen zaitut eta, gertatuak gertatuta, ez nuke nahi…

—Bitxiak berreskuratuz gero –moztu dut–, ez zaitut akabatuko. Horrekin konformatu beharko duzu.

—Ulerkorra izatea nahi nuke, besterik ez. Badakizu zelako soldata daukadan eta zelako egoeran bizi naizen. Eta taldeko besteak ez zeuden hobeto, ezta Alfredo bera ere, liburu-dendatxo hondagarri horrekin.

—Zer espero duzu, zuetaz errukitzea?

—Gure erabakia ulertzea nahi nuke. Jarri gure lekuan, denok miserian bizi gara, halako baten afrikar bat agertzen da auzoan, ilegala izan arren korrala garesti bat hartzen du bakarrik bizitzeko, eta dirua ardura barik gastatzen du. Ez zen normala eta…

—Eta paloa ematea erabaki zenuten. Nahikoa entzun dut, oraindik zalantzan nago ez ote nizkizukeen garunak txikitu behar.

Itxura errukigarriaz so egin dit, negarrez hastear dagoela pentsa liteke.

—Nork bidali zituen zakurrak –galdetu dut–, ni atxilotzera atzerriratze-hegaldian sartzeko?

—Nik ez.

Izua nabarmendu zaio musuan.

—Plana biribila zen horrela –erantsi dut–. Lehenik bitxiak kendu eta gero ni Afrikara bidali, altxorra inolako presiorik gabe kolokatu eta dirua banatzeko.

Isilik jarraitu du, burumakur. Gorputza jiratu eta kalerantz abiatu naiz.

—Zaude, Toure!

—Berriro? Zer arraio nahi duzu?

—Barkatu.

—Joan pikutara!

Kalera irten naiz, behingoz. Aldapa madarikatuak, bero madarikatua!

Katxurri eta Adel berriz topatu ditut kontrako bidean, nahasmena aurpegian.

—Nora zoaz orain?

—Altxorraren bila.

—Guk zer egingo dugu?

—Ezer ez.

Ave María igotzen amaitu eta Magdalena kalea zeharkatu dut martxa onean. Tirso de Molina plazatik igarotzerakoan lata-saltzaile bangla batek edari freskoa eskaini dit. Poltsan dauzkan garagardo guztiak edan nitzake bata bestearen atzetik, baina xentimorik ere ez daukat poltsikoan. Eta, hala ere, agian hemendik hamar minutura aberatsa izango naiz berriro, ezin dut sinetsi!

Lateroa atzean utzi ondoren magrebtar kolazaleetako bat ipini zait aurrean. «Kaixo, adiskide!» esan eta ni besarkatzen saiatu da.

—Ez daukazu oso begi onik biktimak aukeratzerakoan –bota diot, bultzada batez bidetik kenduta.

Eta jarraian beste morroi batek itxi dit bidea, lore-salmentako kiosko baten atzetik irtenda:

—Niri ere ez didazu besarkadarik eman behar?

Oraingoan bai gelditu behar izan dudala, derrigorrez. Ez dit pistolarik erakutsi, baina ziur hor nonbait gordeta daukala, nahiz eta kaleko arropaz jantzita ibili. Udaltzainaren aurpegi baztangadunari so geratu naiz, ezin zen momentu egokiagoan agertu.

—Atzo ez zinen hitzordura agertu.

—Arazotxo batzuk izan nituen.

—Ez zenidan deitu abisatzeko.

—Galdu dut sakelakoa.

—Altxorra bezala?

—Altxorra ostu egin zidaten, esan nizun. Oraindik ez didazu sinesten?

Elkarri begira geratu gara, isilik.

Pentsatu, Toure!

Topaketa hau ezin da kasuala izan, ziur honaino jarraitu egin didala. Noiztik dabil nire atzetik? Zer ikusi du? Nire lagunen sakelakoak ere izan ditu lokalizaturik? Zer elkarrizketa entzun ote du?

—Sinesten dizut –esan du, azkenik–. Ziur nago ahalegin guztiak egiten ari zarela bitxiak berreskuratzeko, eta apustu egingo nuke… –Segundo batzuk utzi ditu igarotzen–, hemendik gutxira aurkituko dituzula. Zuzen nabil?

Oraingoan neuk itxaron dut pixka baten, erantzun egokia bilatzeko.

Pentsatu, Toure!

—Oraindik indarrean dago egin zenidan azken eskaintza?

—Zer eskaintza?

—Hamarna pieza emango dizkizut, lepokoak, eskuturrekoak eta eraztunak, eta bakean utziko nauzu.

—Tira, azken interesak gehitu ondoren hamabina eman beharko dizkidazu, baina bai, horrekin konformatuko naiz. –Irriñoa erakutsi dit, faltsuagoa hiru konkorreko gameluak baino.

—Ados. Zaude hemen.

—Txantxetan ari zara?

Ezin zen hain erraza izan.

—Orduan etorri nirekin.

28

Cascorro plazara iritsi garenean gelditu egin naiz.

—Orain bai, hemen itxaron beharko didazu –esan diot zakurrari.

—Ezta pentsatu ere, kostatu zait zu lokalizatzea eta ez nago prest begi bistatik galtzeko segundo baten ere.

Honainoko bidean torturatu nauen susmoa itzuli zait burura: Curtidoresko komunetaraino eramaten badut eta bitxiak hor badaude, ziur nago ez dela konformatuko eskatu didan kopuruarekin. Denak hartuko ditu eta, gainera, lekukoaz libratzeko tentazioa izango du, erabakia hartuta ez badauka. Eta, harribitxiak topatu ezik ere, batek daki zelan erreakzionatuko duen, ondo ez. Zer irtenbide daukat? Berak erraztu dit erabakia:

—Zure borondatez edo gogoz kontra joan gaitezke bitxien ezkutalekura, zeuk aukeratu. –Txamarra zabaldu du pixka bat, alde batean pipa dauka eta bestean burdinak.

Gauzak hala, biok elkarrekin abiatu gara Curtidores kalerantz, ni etengabeko gogoetan noala geratzen zaizkidan aukera apurrei buruz. Errealista izan behar dut, puntu honetara helduta bitxiak galduta daude, orain helburua bizirik irtetea da eta zer egin dezaket hori ziurtatzeko?

Komunen albora iritsi garenean gelditu egin naiz. Ustezko igarleak bere etxetxoaren sarrerako aulkian jarraitzen du, zorion-irribarrea ahoan. Udaltzainak bulka egin dit aurrera jarraitzeko, baina eutsi egin diot.

—Eguerdi on, andrea –esan dut–. Gustura hor, ezta?

—Bai, oso gustura.

—Mahamoud Toure naiz, Lavapiésen bizi den burkinafasoarra. Kolega udaltzain honen izena ez dut gogoratzen. Zelan zen?

Zakurrari so egin diodanean haren gorrotozko begiradarekin egin dut topo, eta beso biekin eman dit bultzada bortitza komun publikoen sarrerarantz.

—Ez ahaztu gure aurpegiak! –oihukatu diot tarotzaleari, eskailerak jaisten hasi aurretik.

Begiluzeengandik aparte geratu garenean jator plantak egiteari utzi dio zakurrak. Pistola atera eta kanoia erakutsi dit.

—Nahikoa lelokeria aguantatu dizkizut. Aurrerantzean hobe duzu zuhur jokatzea.

Hiru kabina aurkitu ditugu gizonezkoen komunean, ontzi eta zisterna banarekin, denak libre.

—Hemen daude bitxiak? –galdetu dit.

—Hemen egon beharko lukete.

—Non?

—Zisternetan, imajinatzen dut. Probatu nahi duzu?

—Zeure esku.

Udaltzainaren keinuari men eginez, lehenengo ontziaren gainera igo naiz, eskua sartu dut ur-ontzian eta… deus ez, likidoa baino ez. Ez nago seguru haserretu ala poztu beharko nukeen. Zakurrari begiratu diot.

—Hemen ez dago ezer.

—Besteak aztertu.

Bigarrenean probatu eta emaitza bera izan da. Kamalek ere sartu ote dit ziria? Ez zait iruditu gezurretan ari zela, baina batek daki. Dena den, ez nuen bakarrik utzi behar, gutxienez Manuel eta Adelen zaintzapean geratu behar zen ni itzuli arte. Inozo hutsa izan naiz berriro, ez daukat erremediorik.

Zakurra pazientzia galtzen ari da. Hirugarren zisternan probatzeko presatu nau, baina apustu egingo nuke emaitza berdina izango dela. Izan ere, harribitxi guztiak komun hauetan ezkutatzekotan, haien kopurua kontuan hartuta, hiru zisternetan banatuta egon behar ziren. Probatu dut, hala ere, eta ura aurkitu dut lehenengo momentuan, atzamarrak pixka bat luzatu, ostera, eta zerbaiten puntarekin sastatu naiz. Zer ote da? Heldu egin diot, disimuluz atera eta belarritako bat dela ohartu naiz, perlazkoa edo. Zer egin? Zakurrari bizkarra emanda nago eta… ahoan sartu eta irentsi egin dut.

—Hemen ere ez dago ezer. –Ontzitik jaitsi naiz–. Norbait aurreratu zaigu.

—Zerbait ezkutatu duzu, ikusi zaitut.

—Zer arraio diozu?

—Ea, ipini hormaren kontra buelta emanda.

Obeditu egin dut eta udaltzaina nire arropak miatzen hasi da, aztoraturik. Ez du ezer aurkitu nire poltsikoetan eta horrek are okerrago ipini du. Jiratu egin naiz eta berari begira paratu. Pistola eskuan dauka, gogor oraturik.

—Zer egin behar dut zurekin? –galdetu du, eta arin erantzun behar diodala jabetu naiz.

—Bakoitza bere aldetik joan dadila, beste barik.

—Honezkero ez zaitut ezertarako behar, eta alde egiten uzten badizut mihia askatu eta arazotan sartuko nauzu.

—Ez dut arazorik nahi inorekin; gainera, papergabea izanda, hobe dut isilik egotea. –Ez zait batere gustatzen ipintzen ari zaion aurpegiera–. Ondo pentsatu zer egin behar duzun, kanpoko andreak ikusi egin gaitu, eta horrek bai askatuko duela mihia.

—Zu garbitu ondoren harengana joango naiz, kontsultan sartu eta ito egingo dut, eta dei anonimo batek zeuri botako dizu errua.

Erabakia hartuta daukala dirudi, ez zait kontrakoaz konbentzitzeko argudiorik bururatzen, zerbait egin behar dut oraintxe…

—Arrazoi duzu, zerbait ezkutatu dizut.

—Zer? Non?

—Dortokaz gogoratzen zara? –Nahasturik so egin dit–. Perlazko belarritakoa irentsi zuen eta zeuk atera zenion tripetatik. Ba belarritako haren parekidea utzi dute hemen ahazturik, antza, eta oraingoan neuk irentsi dut.

Sinesgogor so egin dit.

—Milaka euro balio du perlak, ezta? –jarraitu dut–. Hemen hiltzen banauzu, autopsia egiten didanarentzat izango da dirua, ze imajinatzen dut ez daukazula labanarik niri sabela berton zabaltzeko. Oparitzen dizut harribitxia, baina apur baten itxaron beharko duzu.

Zakurra ezbaian jartzea, behintzat, lortu dut, eta momentua aprobetxatu behar dudala begitandu zait. Haren gainera bota dut nire gorputza eta pistola lurrera jausi eta ateraino irristatu da. Borrokan hasi gara, ziur bera ni baino trebatuago dagoela kolpeak ematen, baina ni askoz astunagoa naiz eta, horretaz baliatuz, paparretik heldu eta komuneko kabina baten barruraino egin diot bultza. Belauniko jausi da eta ez naiz zalantzan ibili: garondoan goitik beherako ukabilkada jo eta ontziaren ertz gogorraren kontra egin du talka bere aurpegiak. Hortz hautsien hotsa entzun da eta, ileetatik oratuta, berriz ekin diot. Bigarren kolpea bekokiaz jo du, eta hirugarrena kaskezurraz, eta laugarrenarekin batera halako huts-hotsa atera da, koko bat apurtzerakoan bezalakoa…

Eskuartean daukadana panpina bizigabe bat dela iruditu zaidanean askatu egin dut. Odola dariola dago, emankor, lurreko harlauzetan bizkor zabaltzen ari da eta aldendu behar izan dut zapatilak ez zikintzeko.

Sa Kenek eman zidan aholkua etorri zait gogora, baina ez dut beste aukerarik izan, hori pentsatuz kontsolatu naiz. Dena dela, orain zer? Kanpoko andreak bakarrik irteten ikusten nauenean zer ondorio aterako du? Eta, txarrena, zer kontatuko du gero?

Pentsatu, Toure!

Zakurraren gorpura hurbildu naiz, tentuz ez lohitzeko. Txamarraren poltsikoak aztertu dizkiot eta, diru-zorroa aurkituta, barruan dauzkan billete guztiak atera dizkiot. Gero, eskaileretara jo dut, inor agertuko ote den beldurrez.

Berriz eguzkiaren argitara irten naizenean tarotzalearen begiradarekin egin dut topo. Bere aulkian jarraitzen du, baina lehengo irriñoa zeharo galduta dauka. Harengana hurbildu naiz.

—Bi galdera baino ez dizkizut egingo.

Oso serio hitz egin diot eta adostasuna adierazi du buruaz, izuturik dago.

—Nire izenaz gogoratzen zara?

—Ez, ahaztu egin zait.

—Eta nire aurpegiaz?

—Ezta ere, beltz guztiak berdinak zarete.

—Horixe entzun nahi nuen.

Udaltzainaren diru-zorrotik ateratako billete guztiak eman dizkiot, bost euroko bat izan ezik. Txunditurik so egin dit.

—Opari hau –azaldu diot–, ezertaz gogoratu gabe jarrai dezazun da. Eta hirugarren galdera bati ere erantzun diezaiozun: Norbait ikusi duzu azken orduotan komun horretatik irteten, poltsa handia eskuan?

—Bai.

—Nor?

—Andre bat.

—Zelakoa?

—Berrogeitaka urte, txikia, beltzarana, azal oso finekoa…

Isilik geratu naiz. Kamalen bidaia-maletako kondoi-kutxa etorri zait gogora, eta horrekin batera bangladeshtar kabroiaren aurpegi errukigarria, gure azken elkarrizketa ahalik eta gehien luzatzen zuen bitartean, bere maitale berriari denbora gehiago ematearren hemengo bitxiak bildu eta ospa egiteko…

—Diru apur bat ordaindu zidan hemen talaian egoteko –erantsi du tarotzaleak.

—Zelan, talaian?

—Norbait komunean sartu eta pakete batekin edo ateratzen bazen, berehala deitu behar nion.

Ondo lotuta zeukaten dena. Ostia!

—Ez dakit nor den andrea, ezta nora joan den ere. –Erruki kutsuz so egin dit, itxura penagarria izan behar dut–. Dena dela, tarot-kartak bota ditzakegu hori asmatzeko. Normalean berrogeita hamar euro kobratzen ditut, baina zuri debalde egingo dizut.

Agure bat hurbildu da komunetarantz.

—Agian beste momentu baten. Beharrezkoa da esatea zer egingo dizudan ahoa gehiegi irekiz gero?

—Ez.

Aldapan gora jo eta Lavapiés aldera abiatu naiz, tripak jaten etengabe. Sinesgaitza da, denek sartu didate ziria, denak izan dira ni baino azkarragoak: Vallecasko predikaria, Madou, Kamal, Alfredo, Chus… Eta haietatik azkarrenek eraman dute azkenean sari potoloa. Non ote daude honezkero?

Tirso de Molina plazara iritsi naizenean, atseden hartu dut jesarleku baten, andre biren alboan. Ni jarritakoan haiek altxatu eta alde egin dute. Hor daude magrebtar kolazaleak, hor daude arlote alkoholiko zuriak, hor dago kamerundar kuadrilla… Eta hemen nago ni ere, zegokidan mailara itzulita.

Ondotik pasatu zait lehengo latero bangla, zalantzan legez begira. Hurbiltzeko keinua egin eta bost euroko billetea luzatu diot.

GERO

29

Egun batzuk igaro dira jada zakurra akabatu eta bitxiei betiko agur esan nienetik. Dirudienez, etxetxo budistako igarleak ez du ahoa ireki, eta oraingoan ere libratuko naiz hilketa baten ondorioetatik. Zerbait ondo atera behar zitzaidan, hainbeste zoritxarren artean. Sa Kenek, Bilbora itzuli aurretik, zera esan zidan, azken baten zorionekoa izaten ari naizela bizitzan, egin ditudanengatik betiko kartzela zegokidala eta, hala ere, libre jarraitzen dudala, askatasun hori gehiago estimatu beharko nukeela. Geltokiko nasan geundela, agurtzerakoan, ea bera ere guztiz libre sentitzen den galdetu nion, baina ez zuen erantzun. Trenera igo eta irribarre tristea ezpainetan egin zidan agur.

Ilegorriarekiko kezka ezin izan dut burutik kendu. Behin eta berriz etorri zaizkit gogora hark jasotako kolpeen aztarnak, putakume bat imajinatu dut nire laguna astintzen, hari ostikoka, ukabilka... eta ezin naizela besoak gurutzatuta geratu erabaki dut, gehiegi estimatzen dut Sa Kene horrelako egoera larri baten aurrean ezikusiarena egiteko. Luze barik zerbait egingo dut, eguna eta modua zehaztea baino ez zait falta.

Neure egoerari dagokionez, besterik ezean, Kristinaren mezuarekin kontsolatzen saiatu naiz, aske jarraitzearen ideiarekin, eta bakardadean emandako denbora hau amorrua pixkanaka baretzeko baliagarria izan zait, behintzat. Orain halako etsipen bare bat dago jabetuta nitaz, eta sentiera horrekin irakurri dut Kamalek eta Chusek bidali didaten ustekabeko postala. Nahiz eta nondik nora dabiltzan ez aitortu, zigilu-markak postala Delhitik igorrita dagoela adierazten du. Primeran daudela diote eta, egin didatenagatik desenkusatu ondoren, onena opa didate bizitzan. Horretarako lagungarria izango omen zait komun publikoan niretzat utzi zuten perla txikia.

Orain, hain zuzen, neure bizitzarako onena zer izango litzatekeen erabakitzen ari naiz Lavapiésko plazan, Adeli itxaroten diodan bitartean. Aspaldion alboan suertatu zaidan jendeak oso argi dauzka bere helburuak. Sahararrak berak, esaterako, zeregin finkoa dauka: ezinezkoa dirudien kausa baten alde borrokan jarraitzea. Manuel bitxiak ere oraindik sinesten du sasikumez betetako gizarte hau hobetu daitekeela. Eta nire altxorraren lapurrak mugiarazi zituen xedea begi bistakoa da. Zein izan beharko luke, ordea, nire helburua aurrerantzean? Gero eta argiago daukat erantzuna: biziraupen hutsa, aldian aldiko arazoei ahal bezala iskin egin, irtenbideak inprobisatu eta aurrera segitzea, bestelako ametsik gabe.

Azken baten, horixe egin dut Madrilgo egonaldian, eta hemen sortu zaizkidan arazoak ez dira makalak izan, batez ere ez dudalako zorte handirik eduki patuak nire bidean jarri dituen pertsonekin, gutxi baitira traizionatu edo engainatu ez nautenak. Adel eta Katxurri alde batera utzita, beste bat baino ez zait otutzen, beste figura paregabe bat, Erika Clash. Atzo irten zen ospitaletik, lagun batek lekua egin dio etxean eta orain, berriro Lavapiésko kaleetan, bere ohiko zereginetara itzuliko da: etengabe hitz egin, garagardoa irentsi eta handik edo hemendik eskuratzen duen dirua apustu-etxean xahutu. Horrexetan dihardu orain, eta imajinatzen dut zer sos galtzen ari den alferrik: nik neuk goizean eman dizkiodan hogei euroak, Sa Kenek utzi zidan kopurutik ateratakoak. «Jateko erabili», esan diot atsoari; eta berak «jakina, laztana!» erantzun dit. Ez du inoiz ikasiko Pasapogako vedette ohiak, eta nik ere ez.

Atlético Madriden kamiseta batek estali dit apustu-etxearen ikuspegia. Begirada jaso eta aurpegi zurbil bat ikusi dut, eta honi itzala ematen kapela vietnamdar baten hegala.

—Kaixo, Toure.

—Zer moduz, Tony? –Egun batzuk neramatzan morroia ikusi gabe.

—Galtzontzillo eder batzuk dauzkat saltzeko, berri-berriak eta merke-merkeak. Ikusi nahi dituzu?

—Ez, lagun, ez daukat horren beharrik.

Hasperen egin du.

—Zure alboan jesar naiteke?

—Jakina. Non egon zara azken egunotan?

—Familiak desintoxikatzeko zentro horietariko baten sartu ninduen, baina egun gutxi aguantatu ditut han itxita. Askoz hobeto egoten da kalean, ez da hala?

—Bai, arrazoi duzu.

Zalantza bat etorri zait, egunotan buruan bueltaka izan ditudanetako bat, eta jonki xelebrearekin argitzen saiatu naiz:

—Aizu, Tony, zuk ere bazenekien ezer nire harribitxi batzuei buruz?

—Bai, Lavapiésen denek zioten aberatsa zinela, altxor bat topatu zenuela eta hor nonbait ezkutaturik zeneukala, baina nik ez nuen sinesten, ze gure gisako jendeari ez zaizkio horrelako gauzak gertatzen.

Tonyren hitzak mamurtu ditut isilpean. Azken baten, gertatu zaidana merezi dudala ondorioztatu dut.

Metroaren sarrerarantz so egin eta Adel ikusi dut zulotik irteten. Gugana hurreratu da nahiko normal ibiliz, askoz gutxiago egiten du herren eta bi beso dauzka berriro. Alboan jesarri zaigunean Tony altxatu egin da.

—Nik lanean jarraitu behar dut.

—Zorte on, adiskide.

Saharararraren itxurari erreparatu diot, hobekuntza fisikoaz gain, aurpegi hobea ere ikusten zaio.

—Nahiko errekuperatuta zaude, ezta? –itaundu diot.

—Ni bai, eta zu?

—Tira, kostako zait gertatutakoa ahaztea.

—Animoz, behintzat, hobeto zaude?

—Agian zeuk lagunduko didazu apur bat zeregin horretan, ezta?

—Hor daukazu?

—Bai.

Klinex bat atera dut poltsikotik, eta bertan bildutako belarritakoa luzatu diot. Lupa modukoa hartu eta segundo gutxi behar izan ditu epaia emateko:

—Kalitate oneko perla bat da, zorionekoa zara.

—Zenbatekoa da zorion hori dirutan?

—Belarritako parearen truke bi mila eta bostehun euro inguru ordainduko lirateke merkatuan, baten truke beharbada mila lor nitzake. Erdi bana eginda, kontua erraza da: bostehun zuretzat eta beste horrenbeste kausaren alde.

Isilik geratu naiz.

—Ondo deritzozu?

—Zer esango dizut, ba? Zuk ez nauzu orain arte engainatu, ezta?

—Behin ere ez. Dena dela, ezin dizut oraingoz dirua aurreratu, badakizu negozioa berriz martxan jartzeko ahaleginetan ari naizela, halandaze egun pare batez itxaron beharko zenuke, nik kobratu arte. Ondo datorkizu?

—Egun pare baten itxaron dezaket, luzaroago ez. Korrala utzi behar dut jabeek bota aurretik, eta lehenbailehen alde egin nahi nuke Madrildik.

—Nora joango zara?

—Dena hasi zen lekura.

—Burkina Fasora?

—Ez, bidaia handiaren osteko guztia hasi zen lekura, Bilboko San Frantzisko auzora.

—Han hobeto egongo zarela uste duzu?

—Ez dakit. Lehenengo eta behin, mesedetxo bat egin behar diot lagun bati.

—Eta gero?

—Gero gerokoak. Argi dagoena da ez zaidala komeni hemen gehiegi luzatzea, badaezpadan.

Adelek ez dit bestelako azalpenik eskatu eta hobe horrela. Lavapiésko askotariko jendeari begira geratu gara, eta bangla, magrebtar nahiz beltz aisiazaleen artetik azal zuriko eta ile-adats horiko figura bat sortu da, Erika Clash. Gugana dator, pozarren, irria zabal-zabal.

—Hartu, eta mila esker! –Hogei euroko billete bat jarri dit eskuan.

—Ezin dut sinetsi, irabazi egin duzu apustu-etxean?

—Bai, behingoz nire zortea aldatzen hasi da!

Vedette ohia, modelo-pasarela batetik bezala ibiliz, alboko dendara joan eta litro erdiko hiru garagardo-latarekin itzuli da. Topa egin dugu eta atsoak edan du tragorik luzeena.

—Berriz galdetu behar dizut, maitea –esan dit.

—Bota.

—Oraindik badaukat aukeraren bat zurekin?

—Merezi zaitudala uste duzu? Zuk erregeei ere eman dizkiezu kalabazak, eta ni orain afrikar txiro bat baino ez naiz.

—Horrexegatik galdetzen dizut, argi izan dezazun lehen ez zintudala diruagatik bakarrik maite.

—Ez dut inoiz horren zalantzarik izan, Erika. Dena dela, zu noiz enteratu zinen ni aberatsa nintzela?

—Lehenengo egunetik, laztana. Begi ona daukat aberaskumeak detektatzeko, eta orain... ni neu ere horietako bat naiz!!!!

Poltsatik billete sorta potolo bat atera, pixka baten aireztatu eta berriz gorde du.

—Aizu, Erika, benetan irabazi duzu horrenbeste diru apustu-etxean?

Atsoak, erantzun beharrean, bere lata trago batez hustu eta kantuan hasi da: «*Soy tu refugio de amor, mis besos yo te daré, haré lo que quieras tú, mi dulce querer. No me vayas a engañar...*».

Adeli so egin diot eta sorbaldak jaso ditu. Gero zutitu, eskuz agur egin eta metroaren sarrerarantz abiatu da.

Bat-batean urmaeleko dortoka gaixoaren begirada etorri zait gogora, begirada zaharkitu eta enigmatiko hura, eta haren ezpainen mugimendua. Azken galdera egin diot saharararrari, metroaren zuloak irentsi aurretik.

—Aizu, zelan zen «baboa» hasaniaz?

—*Fuisad.*

—Zelan esan duzu?

—*Fuisad!!!*